Fredegisus Max Ahner

Fredegis von Tours

Antigonos

Fredegisus Max Ahner

Fredegis von Tours

Unveränderter Nachdruck der Originalausgabe von 1878.

1. Auflage 2024 | ISBN: 978-3-38673-264-2

Antigonos Verlag ist ein Imprint der Outlook Verlagsgesellschaft mbH.

Verlag: Outlook Verlag GmbH, Zeilweg 44, 60439 Frankfurt, Deutschland
Vertretungsberechtigt: E. Roepke, Zeilweg 44, 60439 Frankfurt, Deutschland
Druck: Libri Plureos GmbH, Friedensallee 273, 22763 Hamburg, Deutschland

Fredegis von Tours.

Fredegis von Tours.

Ein Beitrag

zur Geschichte der Philosophie

im Mittelalter

von

Dr. phil. **Max Ahner.**

Leipzig,
BÖHME & DRESCHER.
1878.

Einleitung.

Als unter Kaiser Karl dem Grossen in dem fränkischen Reiche allenthalben das Studium der Wissenschaften aufblühte, und mit regem Eifer die verborgenen Schätze der alten classischen Bildung wieder hervorgesucht wurden, war es gerade die Königin der Wissenschaften, die Philosophie, welcher nur eine kümmerliche und dürftige Pflege zu Theil wurde. Die Dialektik, eine der *septem artes*, war eine entstellte aristotelische Logik und wurde nur als allgemeines, formales Bildungsmittel angesehen und als solches studirt. Ein wirklich philosophischer Geist regte sich selbst bei dem grossen Lehrer jener Zeit, Alcuin, nur in schwachen Anfängen. In der Reihe derer, welche den Anfang der Philosophie unter den germanischen Völkern des Mittelalters vertraten, hat Fredegisus, der Abt von Tours, ein Schüler Alcuins, eine Stelle gefunden. Obgleich nur dürftige Reste seiner philosophischen Untersuchungen auf uns gekommen sind, so hat doch dieses Wenige eine eingehendere Beurtheilung von Seiten der Historiker noch nicht gefunden, theils weil die kleine Schrift des Fredegis „fast nur dunkle Sätze“ zu bieten schien, theils weil man das Philosophiren dieses „grübelnden Geistes“ für zu unbedeutend oder absurd hielt, als dass es eine grössere Beachtung verdient hätte.

Es schien daher dem Verfasser ein Bedürfniss zu sein, die Lehre des Fredegis eingehend zu untersuchen, und die meist sich findenden, absprechenden Urtheile über dieselbe konnten ihn eher dazu auffordern, als davon abschrecken. Wenn auch ein geringer, so ist es doch immerhin ein Dienst, welchen der Verfasser durch die vorliegende Abhandlung der historisch-philosophischen Wissenschaft zu leisten bestrebt gewesen ist, insofern er den Versuch gemacht hat, über einen bisher dunklen Punkt ein helleres Licht zu verbreiten.

Da die Anschauungen des Fr. wesentlich mit durch seinen Bildungsgang, insbesondere durch sein Verhältniss zu Alcuin bedingt sind, so beginnt die Abhandlung mit einer Untersuchung über sein Leben, das bisher nur von anderen Gesichtspunkten aus Gegenstand der Forschung gewesen ist.

Um ferner ein zuverlässiges Urtheil über die Lehren des Fr. zu erhalten, war es nothwendig, einen besseren Text seiner Schrift, als den bisher vorliegenden, herzustellen. Hoffentlich ist dies gelungen. Der Herr Dr. Carl Müller aus Tübingen und der Herr Dr. Mau in Rom haben die Freundlichkeit gehabt, dem Verfasser mit grösster Sorgfalt gefertigte Collationen zu übersenden. Für ihre Bemühungen sei den beiden Herren hiermit öffentlich Dank gesagt. Der nunmehr verbesserte Text folgt als zweiter Theil. Auf Grund desselben sowie der übrigen Quellen schliesst sich dann als dritter Theil der Abhandlung die Untersuchung der Lehren des Fr. an.

I.

Das Leben des Fredegis.

Fredegisus[1] oder Fridugisus[2], von Geburt ein Angelsachse,[3] vielleicht ein Verwandter des Königs Karl des Grossen[4], war, als Alcuin sich noch in York aufhielt, dort Schüler desselben[5] und siedelte mit diesem im Jahre 782 nach Gallien über[6]. Von seiner Jugendzeit wissen wir wenig. Als er nach Gallien kam, muss er noch sehr jung gewesen sein, denn im Jahre 798 nennt ihn Alcuin noch *puer*[7]. Aus den Ermahnungen, die Alcuin in seinen Briefen an Fr. richtet, geht hervor, dass dieser in nächster Umgebung und unter besonderer Aufsicht des Alcuin gelebt und von ihm seinen Unterricht noch weiterhin genossen hat[8]. Er hielt sich demnach

---

[1] So meist bei Alcuin und jetzt gewöhnlich.

[2] So in den Diplomen Ludwigs d. Fr. Sonst finden sich noch die Namen: Fredegysus, Fredigysus, Fridegisus, Fridigisus, Fredogisus.

[3] Commentatio de vita Albini, c. 4, n. 42; bei Frobenius, opp. Alcuini I. p. XXIII.

[4] Gallia christ. nova, p. 489.

[5] Comment. c. 4, n. 42.

[6] Comment. c. 5, n. 59, p. XXVIII.

[7] Frob. opp. Alc. I, ep. 68, p. 93. Jaffé, Monum. Germ. VI, ep. 99, p. 414 Nach dem Jahre 798 noch, Frob. ep. 98, p. 143. Jaffé, ep. 105, p. 438. Cf. Frob. ep. 185, p. 248. Jaffé, ep. 206, p. 699 f. die Schlussverse.

[8] Frob. ep. 118, 185, 186. Praef. comment. super Eccles. I, p. 410. Jaffé, ep. 180, 206, 179, 187.

1*

am Hofe Karls auf und gehörte mit zu der sogenannten *schola palatina.* Nach der in den gelehrten Kreisen des Hofes herrschenden Sitte, den Einzelnen biblische oder classische Namen beizulegen, nannte man ihn Nathanael[1]). Wie in jener Zeit die Jünger der Wissenschaft fast ausschliesslich dem Klerus angehörten, so auch Fr. Er war Diaconus; einmal wird er auch Archidiaconus genannt[2]). Dass aber Fr. am Hofe eine hervorragende Stellung eingenommen habe, wird nirgends berichtet, ist auch seiner Jugend wegen nicht zu erwarten. Nur beiläufig erwähnt ihn Theodulf v. Orleans in einer Schilderung der Herrlichkeit und des Glanzes, der Karl umgab:

Stet levita decens Fredegis sociatus Ofulso,
Gnarus uterque artis, doctus uterque bene.[3])

Ob Fr. auch noch in Tours, wohin sich Alcuin im Jahre 796 als Abt zurückgezogen hatte, Schüler desselben gewesen sei, ist eine Frage, die Mabillon[4]) bejaht, Frobenius[5]) dagegen verneint, der vielmehr behauptet, dass er daselbst den Alcuin im Unterrichten unterstützt habe.

Gewiss ist, dass Fr. oft den Verkehr zwischen Alcuin in Tours und Karl vermittelt hat[6]), und dabei ist anzunehmen, dass er längere Zeit am Hofe als in jener Abtei zubrachte. Schon im Jahre 798 überbringt Fr. Geschenke von Karl nach Tours. Vielleicht hat er Alcuin zunächst in seine neue Heimath begleitet, ist dann aber bald an den Hof berufen worden, um neben Wizo an der Hofschule zu wirken[7]). Wir lesen, dass er Gisla, die Schwester,

---

[1]) Frob. ep. 118. I, p. 169. Jaffé, ep. 180, p. 631.
[2]) Frob. ep. 183. I, p. 246. Jaffé, ep. 155, p. 581.
[3]) Carminum libri III, carm. I ad Carol. reg. v. 175 f.
[4]) Acta s. Bened. t. V, p. 172 (Venet.) Cf. Simson, Jahrbücher unter Ludwig d. Fr. II, p. 235.
[5]) Comment. c. 10, n. 114, p. XLII.
[6]) Frob. ep. 68, p. 93; ep. 185, p. 248; ep. 118, p. 169. Jaffé, ep. 99, p. 414; ep. 206, p. 699; ep. 180, p. 631.
[7]) Es lässt sich aber nicht nachweisen, dass er Vorstand der

und Rodtruda, die Tochter Karls, unterrichtete[1]). Aus
dem Briefe, den ihm Alcuin mit der Beantwortung der
Fragen über die Trinität schickte, sehen wir, dass sich
Andere an Fr. um Aufschluss über die christlichen Lehren
wandten[2]). Doch scheint er auch zu anderen Geschäften
verwendet worden zu sein. Alcuin nennt ihn Karls *ser-
vulus*[3]) und *famulus*[4]) und schreibt an Gisla: *Secundum
temporis opportunitatem vobis ferat* (Fr.) *auxilium*[5]). Nach
Salzburg wird er mit mehreren wichtigen Aufträgen,
wahrscheinlich vom Kaiser, gesendet[6]).

Demnach hat Fr. zu den Lebzeiten Alcuins einen
bleibenden Aufenthalt in Tours kaum gehabt. Dass ihn
Alcuin aber noch fort und fort als seinen Schüler betrachtete, beweisen die Worte, welche derselbe im Jahre
802 an Fr. und einen Mitschüler richtet: *Nuper de nido
paternae educationis educti ad publicas evolastis auras*[7]);
ferner die Fragen, die ihm Fr. über die Trinität vorlegte[8]),
und noch andere Belehrungen, die dem Fr. damals zu
Theil wurden[9]).

Hofschule gewesen sei, wie Kurtz, Lehrbuch der Kirchenge-
schichte, § 90, 4 annimmt. Dies war vielmehr Wizo. Cf. Werner,
Alcuin und sein Jahrhundert, p. 100.

[1]) Frob. ep. 185, p. 248. Cf. ep. 98, p. 148. Jaffé, ep. 206,
p. 699; ep. 105, p. 438.

[2]) Jaffé, ep. 258, p. 817.

[3]) Frob. ep. 68, p. 98. Jaffé, ep. 99, p. 414.

[4]) Frob. ep. 103, p. 158. Jaffé, ep. 205, p. 697.

[5]) Frob. ep. 98, p. 148. Jaffé, ep. 105, p 438.

[6]) Frob. ep. 117, p. 169. Jaffé, ep. 234, p. 748: Propter alias
occupationes festinatio ejus.

[7]) Frob. ep. 118, p. 169. Jaffé, ep. 180, p. 631. Man kann
diese Worte kaum auf die Zeit um 796, als Fr. zum ersten Male
von Alcuin weg an den Hof ging, beziehen. Es wird mit ihnen
ein zeitweiliger Aufenthalt des Fr. in Tours angedeutet.

[8]) Frob. I, p. 789.

[9]) Frob. ep. 155, p. 215. Jaffé, ep. 257, p. 816. Alcuin
spricht hier von drei Arten des Sehens: unum genus corporale

Auch scheinen die folgenden Verse eines Gedichtes von Fr., wenn anders er der Dichter ist[1]), darauf hinzudeuten, dass er in Tours noch Unterricht genossen habe:

In te personuit quondam vox alma magistri,
Quae sacro sophiae tradidit ore libros[2]).

Wenn nun auch fest stünde, dass Fr. noch in Tours Schüler des Alcuin war, so würde damit doch nicht unbedingt ausgeschlossen sein, dass er seinen Lehrer zeitweilig im Unterrichte unterstützt habe[3]). Somit ist jene Frage von nicht allzugrosser Bedeutung.

Während des langen Zeitraumes, in dem Alcuin und Fr. mit einander in Gemeinschaft gestanden hatten, waren sie auch immer enger durch die Bande der Liebe und Pietät verbunden worden. Alcuin war nicht nur Lehrer, er fühlte sich wie einen Vater ihm gegenüber, liebte ihn wie seinen Sohn. Er nannte ihn: *dulcissimum*[4]), *dilectissimum*[5]), *desideratissimum*[6]), *amatum*[7]). Als Fr. an den Hof eilte, um dort fern von seinem Lehrer nun eine selbständige Stellung einzunehmen, gab ihm dieser einen Commentar zum Prediger Salomonis mit, damit er an diesem Buche in den mannigfachen Gefahren des Hoflebens einen Halt und eine Erinnerung an seine Pflichten

---

(den Gegenstand mit den Augen wahrnehmen), aliud spirituale (nach Entfernung des Gegenstandes sein Bild im Geiste vorstellen), tertium intellectuale (eine Sache einsehen, verstehen). Cf Quaest. de trin. interr. 14 (Frob. I, p. 741).

[1]) Mabillon: An. Bened. l. 26, n. 92. Cf. Histoire litteraire de la France, IV, p. 514 f. Der Schluss Mabillons aus dem Inhalte der angeführten Verse auf Fr. als Verfasser ist sehr gewagt, und somit ist die Echtheit höchst zweifelhaft.

[2]) Frob. II, p. 456. Carm. dub.: De cella Cormaricensi, v. 13 f.

[3]) Cf. Werner, a. a. O. p. 100.

[4]) Frob. ep. 186, p. 249. Jaffé, ep. 179, p. 630.

[5]) Frob. Praef. com. I, p. 410. Jaffé, ep. 187, p. 659.

[6]) Frob. De trin. I, p. 739. Jaffé, ep. 258, p. 817.

[7]) Frob. ep. 185, p. 248. Jaffé, ep. 206, p. 699.

besitze[1]). In einem späteren Briefe ersehnt Alcuin seine und der übrigen Schüler Gegenwart.[2]). Er bittet Georgius, den Patriarchen von Jerusalem, für ihn zu beten[3]). Er empfiehlt ihn angelegentlichst dem Erzbischof Arno von Salzburg[4]). Mit den herzlichsten Worten ermahnt er den Fr. oft, durch tugendhaftes Leben Anderen ein Vorbild zu sein, nicht auf die Reichthümer und Vergnügungen der Welt zu achten, sondern nach der wahren, göttlichen Weisheit zu streben und besonders ein Verkündiger und Vertheidiger der Rechtgläubigkeit zu sein. Er ruft ihm die Belehrungen, die er ihm einst gegeben, ins Gedächtniss zurück[5]). „*Vivat pater in filiis!*" schreibt er, „*Sanctitas tua et venerabilis religio laus est mihi apud homines et merces apud deum.*"

Wir haben keinen Grund, daran zu zweifeln, dass Fr. diesen Ermahnungen Folge geleistet habe. Alcuin würde sonst seiner Unzufriedenheit Ausdruck gegeben haben, wie er es in Betreff eines anderen Schülers, des Osulfus, that[6]). Im Gegentheil besass Fr. das höchste Vertrauen seines Lehrers. Nicht nur, dass Alcuin die Schwester Karls an ihn wies, sich von ihm unterrichten zu lassen; er sagt sogar von ihm und Onias: „*Sapientiae decus habetis in corde*"[7]). Er übergab ihm auch besonders ehrenvolle Aufträge. So sandte er durch ihn eine Handschrift an den Erzbischof von Salzburg, an Karl einen werthvollen Evangeliencodex als Weihnachtsgeschenk[8]). Im Jahre

---

[1] Frob. I, p. 410. Diese Schrift ist also in dem Jahre 796 oder 797 geschrieben, übrigens fast ganz von Hieronymus entlehnt.

[2] Frob. ep. 180, p. 242. Jaffé. ep. 160, p. 597.

[3] Frob. ep. 183, p. 246. Jaffé, ep. 155, p. 581.

[4] Frob. ep. 117, p. 169. Jaffé, ep. 234, p. 748.

[5] Frob. ep. 118, p. 170 f.; ep. 185, p. 248; ep. 186, p. 249. Jaffé, ep. 180, p. 631 f.; ep. 206, p. 699; ep. 179, p. 630.

[6] Frob. ep. 158, p. 218. Cf. oben p. 4.

[7] Frob. I, p. 410. Jaffé, ep. 187. p. 659.

[8] Frob. ep. 103, p. 153; ep. 185, p. 248. Jaffé, ep. 205

802 schickte er in dem Streite, den er mit Theodulf v.
Orleans wegen der Aufnahme eines von Orleans ent-
flohenen Mönches hatte, einen Brief an Fr., in dem er
ihn aufforderte, sich seiner Angelegenheiten vor Karl
anzunehmen[1].

Als sich Alcuin in seinen letzten Lebensjahren von
den mit der Oberleitung mehrerer Klöster verbundenen
Geschäften zurückzog und die Abteien unter seine Schüler
vertheilte, wurde für Fr. die berühmteste derselben, Tours,
mit welcher noch das Kloster Cormeri verbunden war,
mit Einwilligung des Kaisers bestimmt[2]. Doch hat jedenfalls Fr. die Leitung nicht sogleich übernommen, da er
im Jahre 801 längere Zeit krank lag[3], dann bei Aachen
in dem kaiserlichen Bade sich aufhielt[4] und zum Weih-
nachtsfeste jenen Codex dem Kaiser überbrachte. Auch
im Jahre 802 finden wir Fr. nicht in Tours[5], vielleicht
aber in den letzten Lebenstagen des Alcuin[6].

Nach dem Tode seines Lehrers im Jahre 804 nahm
Fr. seinen bleibenden Aufenthalt in Tours. Das Vertrauen
des Kaisers, das er bisher besessen, wusste er sich in
gleichem Masse zu bewahren. Er war der erste der vier
Aebte, welche das kaiserliche Testament unterschrieben[7].
Ueber den Zustand der Schule zu Tours unter dem neuen
Abte erfahren wir wenig. Dass die Schule nach dem
Tode jenes gefeierten Lehrers sich nicht mehr derselben

---

p. 697; ep 206, p. 699. Darüber, dass dieser Codex nicht zur Kai-
serkrönung nach Rom gesandt wurde, wie Lorentz, Alcuins Leben,
p. 286, annimmt, cf. Jaffé, p 697, Anm 5. Cf. Werner a. a. O. p. 38 ff.

[1] Frob. ep. 118, p. 169. Jaffé, ep. 180, p. 631.

[2] Cf. Frob. Vita anonymi, c. 8, n. 14, p. LXV. Comment.
c. 12, n. 185, p. XLVIII. Ep. 176, p. 237.

[3] Frob. ep. 108, p. 153. Jaffé, ep. 205, p. 697.

[4] Frob. ep. 185, p. 248. Jaffé, ep. 206, p. 699.

[5] Cf. oben, Anm. 1.

[6] Cf. Mab. An. Bened. 1. 27, n. 29.

[7] Einhardi vita Caroli magni. Migne, 97, p. 25 ff.

Berühmtheit wie unter dessen Leitung erfreuen konnte,
ist selbstverständlich, da ja gerade der Name dieses
einen Mannes, den seine Zeit als ein Wunder anstaunte,
die Schüler von nah und fern heranzog. Mit seinem und
des Kaisers Tode liess das wissenschaftliche Streben im
ganzen Reiche nach[1]). Es findet sich aber keine bestimmte Andeutung darüber, dass Fr. die Schule habe
verfallen lassen. Dafür, dass er Unterricht ertheilt hat,
spricht nicht nur die Benennung Magister, die man
ihm beilegte[2]), sondern auch die Nachricht, dass die
Schule noch unter Fr. fortbestand. Allerdings wurde der
Unterricht nicht unentgeltlich ertheilt. Erst unter Adelard,
dem Nachfolger des Fr., trat darin eine Aenderung ein[3]).

---

[1]) Cf. Bähr, Geschichte der römischen Literatur im karol.
Zeitalter, p. 30 f.

[2]) So Agobard in seiner Schrift: Contra objectiones Fr. c. 16.
Ferner Ermoldus Nigellus, De rebus gestis Ludovici Pii, l. III:

    Eiage, tempus adest, Fridugise magister, et instat
    Caesaris adventum gratulabunde vides.
    Munera magna offers — — — — —

Diese Verse finden sich in der Beschreibung des Besuches
mehrerer Klöster durch Ludwig d. Fr. im Jahre 818. Cf. Simson,
Jahrb. I, p. 132. Folglich kann das Wort magister sich noch
nicht auf die Kanzlerthätigkeit des Fr. beziehen, da er erst im Jahre
819 Kanzler wurde. cf. Sickel: Die Lehre von den Urkunden der
ersten Karolinger, p. 90 f. Alcuin wird oft magister = Lehrer
genannt.

[3]) Hist. litt. de la Fr. IV, p. 242 f. und Wattenbach, Deutsch-
lands Geschichtsquellen im Mittelalter, I, p. 131, Anm. (4. Aufl.)
nehmen an, dass Fr. die Schule habe verfallen lassen. Erstere
verweist auf Mab. An. Bened. II, l. 28, n. 88. und Martène, The-
saurus anecd. I, p. 32 f. Allein bei Mab. findet sich nur auf
Grund sehr alter Zeugnisse angegeben, dass unter Fr. an Stelle
der grossen Zahl von Mönchen eine geringere von Kanonikern
trat; dass der früher in der Kirche ununterbrochen fortdauernde
Psalmengesang auf bestimmte Stunden beschränkt wurde, und
dass unter Adelard das Schulgeld abgeschafft wurde, worüber
bei Mart. die Diplome Karls d. Kahlen.

Wenn nach der Vermuthung von Jacobs[1] Predigtübungen unter Fr. in Tours gehalten wurden, so können wir daraus' für jene Zeit schliessen, dass sich die Schule sogar in hohem Grade vor anderen auszeichnete.

Ueber die Verwaltung des Klosters zu Tours durch Fr. wird nicht viel Rühmliches berichtet. Zwar wusste er ihm und den andern mit diesem verbundenen Klöstern mancherlei Rechte und Freiheiten zu verschaffen[2], aber er sah ruhig zu, dass die Regel des Benedict verfiel, und das kanonische Leben eingeführt wurde[3]. Es ist leicht erklärlich, dass er dieses begünstigte; er war ja selbst Kanoniker. Dass er aber kein principieller Gegner der Regel des Benedict gewesen ist, beweist der Umstand, dass dieselbe in Cormeri nach wie vor befolgt wurde[4], und dass Fr. selbst nach der Uebergabe dieses Klosters an einen anderen Abt im Jahre 821 noch für eine gedeihliche Entwicklung des mönchischen Lebens daselbst sorgte[5]. Der üble Ruf, der dem Andenken des Fr. noch über hundert Jahre nach seinem Tode hinaus anhaftete, knüpft sich an die Vorgänge in Sithiu, als dessen Abt er von Ludwig im Jahre 820 eingesetzt wurde[6]. Daselbst ging er gewaltsam gegen die Mönche vor, vertrieb viele derselben und führte das kanonische Leben ein[7], so dass Folcuin ihn *ne ipso nomine dignum*, seine Herrschaft eine

---

[1] Die Stellung der Landessprachen in d. Reiche d. Karolinger, in Forschungen zur deutschen Geschichte, III, p. 378 f.

[2] Diplom. Ludovici, bei Migne, Curs. comp. patrol. 104: II, p. 981; XLVIII, p. 1041 f.; LXX, p. 1069; CLXXI, p. 1214; CLXIV, p. 1201.

[3] Anfangs werden noch Mönche genannt: Mab. Act. Bened. V, p. 164; aber seit 818 nicht mehr: Mab. An. Bened. II, 1. 28, n. 87. Cf. oben, p. 9, Anm. 3.

[4] Mab. Act. Bened. V, p. 169.

[5] Dipl. Lud., b. Migne, 104: CLX, p. 1195.

[6] Mab. Act. Bened. V, p. 165.

[7] Mab. An. Bened. II, l. 29, n. 1.

tyrannis nennt und ihm Habsucht vorwirft[1]). Doch haben ihm die Mönche vielleicht selbst Schwierigkeiten bereitet, da er ihnen als Abt wider ihren Willen aufgenöthigt worden war. Zudem sind die Berichte über diese Vorgänge nicht unparteiisch[2]).

In noch viel höherem Ansehen als bei Karl dem Gr. stand Fr. bei Ludwig dem Fr. Dies beweist nicht nur der Besuch, den ihm der Kaiser abstattete[3]) und die Uebertragung der Abtei Sithiu an ihn, sondern vor Allem seine Ernennung zum Kanzler im Jahre 819[4]). Da ihn dieses Amt öfters an den Hof führte, so wird es freilich nicht ohne nachtheiligen Einfluss auf die Verwaltung der Klöster gewesen sein[5]). Das Kanzleiwesen hat dagegen unter seiner Amtsführung viele Verbesserungen und Fortschritte aufzuweisen[6]). Wir finden ihn in dieser Zeit bei bedeutenderen Ereignissen erwähnt. So bei der Taufe des Dänenkönigs Harald in der Nähe von Mainz im Jahre 826[7]), bei der Reichsversammlung zu Aachen im Jahre 828[8]), während des Osterfestes im Jahre 831[9])

---

[1]) Cartulaire de St. Bertin, p. 74 f.

[2]) Cf. Simson a. a. O., II, p. 238, Anm. 5.

[3]) Cf. oben p. 9, Anm. 2.

[4]) Cf. die Diplome aus jener Zeit und Sickel, Die Lehre von den Urkunden, p. 89—94, 160 ff.

[5]) Cf. Migne 104. Dipl. CLXXI, p. 1214.

[6]) Cf. Sickel a. a. O.

[7]) Erm. Nig. De rebus gest. Ludov. l. IV:

 Et Fridugisus abit, sequitur quem discipulorum

  Turba sagax, candens vestibus atque fide.

Unbegreiflich ist, wesshalb Sickel, a. a. O., p. 89, sagt: Wahrscheinlich auf die Zeit (nehmlich v. 819—832) beziehen sich diese Worte. Sie sind aus der Beschreibung des Festzuges bei jener Feier entnommen, beziehen sich also auf eine sehr bestimmte Zeit. — Richtig ist, dass hier über eine etwaige Lehrthätigkeit des Fr. am Hofe Nichts ausgesagt ist.

[8]) Cf. Simson, a. a. O. I, p. 287.

[9]) Ib. II. p. 7, Anm. 7.

beim. Aufenthalte des Kaisers in Aachen. Was seine politische Thätigkeit anlangt, so scheint er den Verhältnissen eben so wenig als Ludwig d. Fr. gewachsen gewesen zu sein[1]). Als Kanzler wird er zuletzt im Jahre 832 erwähnt. Sein Rücktritt ist jedenfalls nur des Alters wegen erfolgt und hat nicht im Zusammenhange mit der Empörung des jüngeren Ludwig gestanden[2]). Fr. zog sich nach Tours zurück und starb daselbst im Jahre 834[3]).

Nach dem Lebensgange des Fr. werden wir annehmen dürfen, dass seine wissenschaftliche Ausbildung in der zu den Zeiten Alcuins üblichen Weise erfolgt ist[4]). Er wurde in den sieben freien Künsten unterwiesen, woran sich das Studium der heiligen Schrift und der Kirchenlehre, wie sie durch Concilienbeschlüsse und übereinstimmende Aussagen der Väter im Laufe der Zeit sich festgesetzt hatte, schloss. Dabei ermangelte es nicht an Mahnungen zu einem christlichen Lebenswandel. Ausser dem unmittelbaren Verkehre mit Alcuin mochten die heil. Schrift, die wenigen damals zugänglichen Schriften des classischen Alterthums und des patristischen Zeitalters, besonders die des Augustin und sodann des Isidorus Hispalensis, des Beda venerabilis und des Alcuin die Mittel sein, durch welche sich Fr. seine Bildung und Gelehrsamkeit erwarb. Nach dem innigen Verhältnisse, das zwischen Alcuin und Fr. bestand, ist leicht zu vermuthen, dass der Schüler die wissenschaftlichen und ins-

---

[1]) Luden, Geschichte des teutschen Volkes, V, p. 238, sagt von ihm: „Fr., ein vortrefflicher Mann, von reinen Sitten und edelem Herzen, aber ein brütender Geist, der mehr an Grübeleien und an Spitzfindigkeiten der Schule seine Freude fand, als an den grossen Verhältnissen der Staaten und Völker.“ Ein kurzer Auszug seiner Schrift findet sich a. a. O., p. 576.

[2]) Cf. Simson, a. a O., II, p. 18, Anm. 2; p. 238, Anm. 6. Sickel, a. a. O , p. 90.

[3]) Mab. An. Bened. l. 31, n. 27.

[4]) Cf. Werner, a. a. O., c. 3, p. 22 f.

besondere theologischen Anschauungen des Lehrers im Wesentlichen theilte.

Fr. stand in dem Rufe eines gelehrten Mannes[1]). Er wird von Agobard v. Lyon *sapientissime vir* angeredet und auf die Seite der Philosophen gestellt[2]). Nach den Anforderungen der damaligen Zeit mochte er auch diesen Ruf vollkommen rechtfertigen. Doch fehlte ihm die Ruhe und geistige Ueberlegenheit über seine Gegner, wie wir sie bei Alcuin finden. Durch fremde Ansichten leicht gereizt, liess er sich zu unbedachten Aeusserungen fort-reissen, die er dann mit Zähigkeit festhielt[3]). Fr. strebte darnach, als Wächter und Vorkämpfer der Rechtgläubig-keit zu gelten[4]) und griff desshalb Agobard wegen falscher Lehren an. Dieser ·vertheidigte sich in der erhaltenen Gegenschrift und zwar mit solchem Geschick, dass der Schein falscher Lehre auf den Angreifer zurückfiel. Dieser Streit fällt in die Zeit nach dem Jahre 804, da Agobard den Fr. *abbas* nennt.

Von den Schriften des Fr. ist ausser jenem obener-wähnten zweifelhaften, für unsern Zweck bedeutungslosen Gedichte, einem Abschiedsgrusse an Cormeri, uns nur der kurze Brief: *De nihilo et tenebris* erhalten. Er ist an die Grossen des Hofes unter der Regierung Karls ge-richtet und stammt daher wahrscheinlich aus der Zeit, in der Fr. sich in Tours aufhielt, also aus den Jahren

---

[1]) Cf. oben p. 4.

[2]) Agobardi liber contra objectiones Fredegisi abbatis. Bei Baluz, Agob. opp. I, p. 165 ff. Bei Migne, 104, p. 159 ff. Da-selbst c. 1; 12: Invenietis nobilitatem divini eloquii, non secun-dum vestram assertionem, more philosôphorum, in tumore et pompa esse verborum. Man sieht daraus, dass die Philosophen bei den Zeitgenossen des Fr. in keinem grossen Ansehen standen.

[3]) Dies zeigt sich in der Art, wie die Angriffe des Fr. bei Agobard dargestellt werden. Cf. Reuter, Geschichte der Auf-klärung I, p. 36 ff.

[4]) Cf. Frob. I, p. 739. Jaffé, ep. 258. p. 817.

804—814. Der Stil ist fliessender und reiner als der Alcuins.

An der Echtheit dieser Schrift ist nicht zu zweifeln[1]), da nicht abzusehen ist, aus welchem Interesse ein Falsarius unter dem Namen des Fr. diesen Brief hätte schreiben sollen, und der Inhalt desselben ganz mit den Anschauungen, die wir in der Schrift des Agobard bekämpft finden, übereinstimmt.

Diese letztere Schrift ist also ebenfalls für die Darstellung der philosophischen und theologischen Lehren des Fr. zu benutzen, doch mit grosser Vorsicht, da wir weder eine Anklage- noch eine Vertheidigungsschrift des Fr. besitzen. Schliesslich können wir die Probleme, mit denen er sich beschäftigte, aus den Fragen kennen lernen, die er über die Trinität dem Alcuin vorlegte[2]). Wir werden aber keineswegs annehmen können, dass Fr. die von Alcuin aufgezählten 28 Fragen sämmtlich und in dieser Form gestellt hat, denn oft schliesst sich die folgende Frage an irgend ein Wort der vorhergehenden Antwort an (z. B. Fr. 7 u. 9).

Die drei genannten Schriften sind die einzigen Quellen, die uns bei der Untersuchung über die Lehre des Fr. zu Gebote stehen.

---

[1]) Cf. Werner, a. a. O, p. 127.
[2]) Frob. I, p. 739—742.

II.

Die Schrift des Fredegis: De nihilo et tenebris.

Vorbemerkungen: Die Schrift des Fr. hat Baluz aus einem alten Codex der Colbertinischen Bibliothek in Miscellanea I, p. 403—408 abdrucken lassen. Der Text des Baluz wurde, nur durch einige Druckfehler abgeändert, wieder abgedruckt in Migne, *Patrol. curs. compl.* 105, *p.* 751 *ff.*

Zur Herstellung des folgenden gereinigten Textes wurde jene Pariser Handschrift und die in Rom befindliche Abschrift derselben verglichen. Letztere ist ohne Einfluss auf die Gestalt des Textes, und es sind desshalb nur die Abweichungen von ersterer angegeben. Ausserdem schien es auch wünschenswerth, die wichtigeren Lesarten des Baluz anzudeuten. Die verglichenen Codices sind demnach folgende:

Codex Parisiensis bibliothecae nationalis, 5577, = P.

Aus den Jahren um 900. Daselbst Fol. 134^a—137^a [1]).

Codex bibliothecae Vaticanae reginae christianae, 69 = M.

Aus dem 10. Jahrhundert. Daselbst Fol. 90^b—93^a [2]).

Die Ueberschrift: *Fredegisi diaconi epistola de nihilo et tenebris ad proceres palatii* hat Baluz der Schrift gegeben; sie fehlt in den Handschriften. Veränderte Interpunktionen und andere graphische Kleinigkeiten (z. B. das oft sich findende *e* für *ae*) sind im Folgenden nicht erwähnt.

---

[1]) Cf. Sickel, Alcuinstudien in Sitzungsberichte der kaiserl. Akademie der Wissenschaften. Wien, 1875. 79. B., p. 512 f. Jaffé, Monum. Germ. VI, p. 135. [2]) Ib. p. 138.

Omnibus fidelibus et domni nostri serenissimi principis Karoli in sacro ejus palatio consistentibus Fredigysus Diaconus.

Agitatam diutissime a quampluribus quaestionem de nihilo, quam indiscussam inexaminatamque veluti inpossibilem ad explicandum reliquerunt, mecum sedulo volvens[1]) atque pertractans tandem visum mihi fuit adgredi; eamque nodis vehementibus, quibus videbatur inplicita[2]), disruptis absolvi atque enodavi, detersoque nubilo in lucem restitui, memoriae quoque posteritatis cunctis in futurum saeculis mandandam praevidi.

Quaestio autem hujusmodi est: Nihilne aliquid sit annon. · Si quis responderit: Videtur mihi nihil esse, ipsa ejus quam putat negatio conpellit eum fateri aliquid esse nihil, dum dicit: Videtur mihi nihil esse. Quod tale est, quasi dicat: Videtur mihi nihil quiddam esse. Quod si aliquid esse videtur, ut non sit, quodam modo videri non potest. Quocirca relinquitur, ut aliquid esse videatur. Si vero hujusmodi fiat responsio: Videtur mihi nihil nec aliquid esse, huic responsioni obviandum est primum ratione, in quantum hominis ratio patitur, deinde auctoritate, non qualibet, sed ' divina[3]) dumtaxat, quae sola auctoritas est solaque immobilem obtinet firmitatem. Agamus itaque ratione. Omne itaque nomen finitum aliquid significat, ut homo, lapis,

---

1) M volens. 2) Baluz implicata. 3) P ratio, Baluz ratione; divina eigne Conjectur, cf. unten p. 31 ff.

lignum. Haec enim, uti dicta fuerint, simul res, quas[1]) significant, intellegimus. Quippe hominis nomen praeter differentiam aliquam positum universalitatem hominum designat. Lapis et lignum suam similiter generalitatem conplectuntur. Igitur 5. nihil ad id, quod significat, refertur. Ex hoc etiam probatur non posse aliquid non esse[2]). Item aliud. Omnis significatio ejus significatio est, quod est[3]). Nihil autem[4]) aliquid significat. Igitur nihil ejus significatio est, quod[5]) est, id 10. est rei existentis[6]). Quoniam vero ad demonstrandum, quod non solum aliquid sit nihil, sed etiam magnum quiddam, paucis actum est ratione, cum tamen possint hujus modi exempla innumera proferri in[7]) medium, ad divinam auctoritatem 15. recurrere libet, quae est rationis munimen et stabile firmamentum; siquidem universa ecclesia divinitus erudita, quae e Christi latere orta, sacratissimae carnis ejus pabulo pretiosique sanguinis poculo educata[8]), ab ipsis cunabulis[9]) secretorum 20. mysteriis[10]) instituta inconcussa fide tenere confitetur divinam potentiam operatam esse ex nihilo terram, aquam, aëra et ignem, lucem[11]) quoque et angelos atque animam hominis. Erigenda est

---

[1]) P quas fuerint sign. Baluz ebenso; quas sign. nach Prantl. [2]) P posse, Baluz wie oben. [3]) ejus significatio fehlt bei Baluz. Die Conjectur Prantls hat somit die Bestätigung der Handschrift erhalten. [4]) P autem zweimal. [5]) P quid, M *i* corrigirt aus *o*. Baluz quid; quod nach Prantl. [6]) P existis, Baluz wie oben. [7]) P in fehlt, Baluz wie oben. [8]) M edocata. [9]) M cunabilis. [10]) P misteriis. [11]) P ducem, M lucem.

igitur ad tanti culminis auctoritatem mentis acies,
quae nulla ratione cassari, nullis argumentis refelli,
nullis potest viribus inpugnari. Haec enim est,
quae praedicat ea, quae inter creaturas prima[1])
5. ac praecipua sunt, aestimanda[2]) non esse[3]), quippe
cum unum horum, quae ex eo genita sunt, aestimari sicut est aestimari non possit. Quis enim
elementorum naturam ex asse metitus est? Quis
enim lucis nomine aut angelico[4]) velamine sub-
10. stantiam ac naturam conplexus? Si ergo haec,
quae praeposui, humana ratione conprehendere
nequivimus, quomodo obtinebimus, quantum qua-
leve sit illud, unde originem genusque ducunt?
Poteram autem et alia quamplura subicere. Sed
15. docibilium quorumque pectoribus satis his insi-
nuatum credimus.

De tenebris an sint.

Quoniam his breviter dictis commode finem
inposui, mox ad ea expedienda intentionem retuli,
20. quae curiosis lectoribus non inmerito videbantur
digna esse quaesitu. Est quidem quorundam
opinio non esse tenebras et, ut sint, inpossibile
esse. Quae quam facile refelli possit, sacrae
scripturae auctoritate prolata in medium prudens
25. lector agnoscet. Itaque quid libri genesis historia
inde sentiat, videamus. Sic enim inquit: Et

---

[1]) P nach prima am Ende einer Zeile ist am äussern Rande
vor der nächsten ein zweites prima nachgetragen. M prima
zweimal, ebenso Baluz. [2]) P estimandum. [3]) M est, Baluz
aestimandum non est. [4]) P angelicae, Baluz angelicae [naturae].

tenebrae erant super faciem abyssi[1]). Quae si non erant, qua consequentia dicitur, quia erant? Qui dicit tenebras esse, rem constituendo[2]) ponit; qui autem non esse, rem negando tollit; sicut cum dicimus: Homo est, rem, id est hominem, constituimus. Cum dicimus: Homo non est, rem negando, id est hominem, tollimus. Nam verbum substantiae hoc habet in natura, ut cuicumque subjecto[3]) fuerit junctum sine negatione, ejusdem declaret substantiam. Igitur in eo, quod dictum est: Tenebrae erant super faciem abyssi[4]), res constituta est, quam ab esse nulla negatio separat aut dividit. Item tenebrae subjectum est, erant declarativum. Declarat enim praedicando tenebras quodam modo esse. Ecce invicta auctoritas ratione comitata. Ratio quoque auctoritatem confessa, unum idemque praedicant, tenebras scilicet[5]) esse. Sed cum ista exempli causa posita ad demonstrandum, quae proposuimus, sufficiant, tamen ut nulla contradicendi occasio aemulis relinquatur, faciamus palam pauca divina testimonia adgregantes e pluribus, quorum perculsi formidine ineptissimas ulterius voces adversus ea jaculari non audeant; siquidem dominus cum pro adflictione populi Israël[6]) plagis severioribus castigaret Aegyptum[7]) tenebris eam involvit adeo spissis, ut palpari quirent, et non

---

1) P abissi. 2) P rem constituendo zweimal. 3) P subjectum, Baluz ebenso; subjecto nach Prantl. 4) P abissi. 5) Baluz scilicet tenebras. 6) P israel. 7) P aegiptum.

solum obtutibus hominum visum adimentibus,
sed etiam pro sui crassitudine manuum tactui
subjacerent. Quicquid enim tangi palparique potest,
esse necesse est. Quicquid esse necesse est[1]),
5. non esse inpossibile est. Ac per hoc tenebras
non esse inpossibile est, quia esse necesse est,
quod ex eo, quod est palpabile, probatum est.
Illud quoque praetereundum non est, quod cum
omnium dominus inter lucem et tenebras divi-
10. sionem faceret, lucem appellavit diem et tenebras
noctem. Si enim diei nomen significat aliquid,
noctis nomen non potest aliquid non significare.
Dies autem lucem significat. Lux vero magnum
aliquid est. Quid ergo tenebrae? Nihilne signi-
15. ficativae sunt, cum eis vocabulum noctis ab eodem
conditore inpressum est, qui luci appellationem
diei inposuit, cassandaque est divina auctoritas?
Nullo modo! Nam caelum et terram facilius est
transire, quam auctoritatem divinam a suo statu
20. permutari. Conditor etenim rebus, quas condidit,
nomina inpressit, ut suo quaeque nomine res dicta
agnita foret. Neque rem quamlibet absque vocabulo formavit, nec vocabulum aliquod statuit,
nisi, cui statueretur, existeret. Quod si foret,
25. omnimodis videretur superfluum, quod deum[2])
fecisse nefas est dici. Si autem nefas est dici
deum aliquid statuisse superfluum, nomen, quod
deus inposuit tenebris, nullo modo videri potest

---

[1]) Nur in P Quicquid—est am Rande nachgetragen und durch⌣
an die betreffende Stelle verwiesen. [2]) P in deum, Baluz wie oben.

superfluum. Quod si non est superfluum, est
secundum modum; si vero secundum modum et
necessarium [1]), quia eo ad dinoscendam rem opus
erat, quae per id significatur. Constat itaque
deum secundum modum res constituisse et nomina,   5.
quae sibi ad invicem sunt necessaria. Sanctus
quoque David [2]) propheta spiritu plenus, sciens
tenebras non inane quiddam et ventosum sonare,
evidenter expressit, quia quiddam sunt. Ait ergo:
Misit tenebras. Si non sunt, quomodo mittuntur? 10.
Quod [3]) autem mitti potest, et illo mitti potest,
ubi non est. Quod vero non est, mitti qualibet
non potest, quia nusquam est. Igitur missae
dicuntur tenebrae, quia erant. Item illud: Posuit
tenebras latibulum suum. Quod scilicet erat, 15.
posuit et quodam modo posuit tenebras, quae
erant, cum [4]) latibulum suum poneret. Item illud:
Sicut tenebrae ejus. Ubi ostenditur, quia in
possessione sunt, ac per hoc esse manifestantur.
Nam omne, quod possidetur, est. Tenebrae 20.
autem in possessione sunt. Igitur sunt. Sed
cum ista talia ac tanta sufficiant, et arcem tutis-
simam contra omnia inpugnamenta teneant, unde levi repulsa tela in suos jaculatores retorquere
possunt, ex evangelica tamen firmitate quaedam 25.
poscenda sunt. Ponamus igitur ipsius salvatoris
verba. Filii, inquit [5]), regni eicientur in tenebras

---

1) P necessaria, Baluz ebenso, M necessario; —rium eigne
Conjectur. 2) P david. 3) P Quíd, M Quod, Baluz wie oben.
4) P cum fehlt; cum eigne Conjectur. 5) P inquid.

exteriores. Adtendendum est autem, quod
tenebras exteriores nominat. Extra enim, unde
exterius derivatum[1]) est, locum significat. Qua-
propter cum dicit exteriores, tenebras locales
5. esse demonstrat. Nam non essent exteriores,
nisi essent et interiores. Quicquid autem est[2]),
id in loco sit, necesse est. Quod vero non est,
hoc[3]) numquam est. Igitur exteriores tenebrae
non solum sunt, sed etiam locales sunt. In
10. passione quoque domini evangelista tenebras
esse factas commemorat ab hora diei sexta us-
que ad horam[4]) nonam. Quae cum factae sint,
quomodo non esse dicuntur? Quod factum est,
effici non potest, ut factum non fuerit. Quod
15. vero semper non est, nec umquam fit[5]), id numquam est. Tenebrae autem factae sunt, quare
non ut sint, effici non potest. Item in evangelio:
Si lumen, quod in te est, ipsae tenebrae quantae erunt! Neminem dubitare credo, quin[6])
20. quantitas corporibus adtributa sit, quia[7]) cuncta
per quantitatem distribuuntur. Et quantitas quidem secundum accidens est corporibus. Acci-
dentia vero aut in subjecto sunt aut de subjecto
praedicantur. Per hoc ergo, quod dicitur ipsae
25. tenebrae quantae erunt, quantitas in subjecto
monstratur. Unde probabile colligitur tenebras
non solum esse, sed etiam corporales esse.

---

[1]) P diriuatum, Baluz ebenso. [2]) P est hineincorrigirt, M est
fehlt, Baluz wie oben. [3]) P hoc corrigirt aus hic, M hic, Baluz
wie oben. [4]) M oram. [5]) P fit corrigirt über fuit, M fit, Baluz ebenso.
[6]) P quin fehlt, Baluz [quin]. [7]) P quae, Baluz am Rande quia.

Itaque haec pauca ratione simul et auctoritate
congesta vestrae magnitudini atque prudentiae
scribere curavi, ut eis fixe immobiliterque hae-
rentes, nulla falsa opinione inlecti a veritatis tra-
mite declinare possitis. Sed si forte a quocum-   5.
que aliquid prolatum fuerit, ab hac nostra ratione
dissentiens, ad hanc velut ad regulam recurrentes,
ex ejus sententiis stultas machinationes deicere
valeatis.

Explicit de tenebris.   10.

III.

Die Lehre des Fredegis.

Capitel I.

Autorität und Vernunft.

Was bisher den Namen des Fr. besonders beachtenswerth machte, war seine angebliche Stellung zur Autorität und Vernunft. Mitten in einer Zeit, die auf dem Gebiete des Glaubens sich mit geringen Ausnahmen widerstandslos der Autorität der Kirche hingab, sollten wir in ihm einen vollendeten Aufklärer bewundern. Obgleich in neuester Zeit Prantl und zum Theil auch Reuter ihm den Ruhm, der erste Kämpfer für die Rechte der Vernunft im Mittelalter zu sein, streitig gemacht haben, so ist doch der philosophische Standpunkt des Fr. in genügender und erschöpfender Weise noch nicht untersucht worden. Um seinen Aeusserungen in philosophischer Hinsicht die rechte Würdigung zu Theil werden zu lassen, wird es von wesentlichem Nutzen sein, vorher die Anschauungen seiner Vorgänger kennen zu lernen. Fr. stand auf dem Boden der Kirche; also werden wir auch bei den Kirchenlehrern die Anknüpfungspunkte zu suchen haben. Unter ihnen ist es Augustin, der von bedeutendstem Einflusse auf seine Folgezeit war.

Um zur Erkenntniss der Wahrheit zu gelangen, giebt es nach Augustin einen doppelten Weg; den der Autorität und den der Vernunft[1]). Erstere ist theils eine menschliche, theils eine göttliche. Die menschliche Autorität täuscht oft; die göttliche dagegen ist die höchste, sie ist wahr und sicher[2]). Sie ist uns gegeben in der heiligen Schrift[3]) und besonders in der einen, allgemeinen Kirche[4]). An sie müssen wir uns daher zunächst halten, wenn wir zur Erkenntniss Gottes kommen wollen, denn die Vernunft ist an und für sich in göttlichen Dingen untauglich, durch Sünde verderbt[5]). Was die Philosophen ohne göttliche Autorität und Hülfe finden, ist unnütz[6]). Daher ist es keineswegs schimpflich, sondern vielmehr nothwendig, dass sich der in göttlichen Dingen Unerfahrene zuerst von der Autorität leiten lasse[7]). Daher auch der bekannte Satz: *Fides praecedit rationem.* Allein es ist nicht genug, bei· der Autorität stehen zu bleiben. Das thuen nur die Trägen[8]). Wer mit ihr zufrieden ist, kann keineswegs glücklich genannt werden[9]). Es geziemt sich vielmehr, das auf Grund der Autorität Geglaubte durch die

---

[1]) De vera relig. c. 8, § 14; c. 24, § 45. De gen. ad lit. VII c. 1, § 1; c. 24, § 35. De ordine, II, c. 9, § 26.

[2]) De ordine, II, 9, 27: Auctoritas autem partim divina est partim humana; sed vera, firma, summa ea est, quae divina nominatur. — humana auct. plerumque fallit.

[3]) De mor. eccles. cath. I, 7, 11. De civ. dei XI, 3.

[4]) Ep. fund. 4; 5: Ego evangelio non crederem, nisi me catholicae ecclesiae commoveret auctoritas.

[5]) De mor. eccles. cath. I, 7, 11: Ratio —, ubi ad divina perventum est, avertit sese, intueri non potest, palpitat, aestuat, inhiat amore, reverberatur luce veritatis et ad familiaritatem tenebrarum suarum non electione, sed fatigatione convertitur.

[6]) De civ. dei II, 7: Quantum divinitus adjuti sunt, invenerunt; quantum autem humanitus impediti sunt, erraverunt etc.

[7]) De ord. II, 9, 26. De utilit. cred. 9. 21. De mor. eccl. cath. I, 2, 3: Naturae quidem ordo ita se habet, ut rationem praecedat auctoritas.

[8]) De quant. animae 7, 12.

[9]) De ord. II, 9, 26.

Vernunft[1]) zu erkennen und zu verstehen. Letztere sieht die Möglichkeit, Wirklichkeit, Nothwendigkeit dessen ein, was man glaubt und führt allein zum Wissen[2]). Sie dient dazu, die Autorität um so sicherer zu stellen[3]); ja sie entscheidet sogar, welches die rechte Autorität sei[4]). Desshalb steht die Vernunft ihrem Wesen nach höher als die Autorität, wenn diese auch der Zeit nach die erstere ist[5]). Legt somit Augustin der Vernunft einen höheren Werth bei als der Autorität, so ist doch kein Zweifel, dass jene an dieser ihre Schranke hat, dass sie in Bezug auf die Objecte mit dieser nicht in Zwiespalt gerathen und zu entgegengesetzten Resultaten führen darf. Somit ist die Autorität doch die alleinige Norm für die Wahrheit.

Einzelne Seiten dieser Augustinischen Erörterungen finden wir bei den Nachfolgern vertreten. Nach Isidorus Hisp. besteht die höchste Weisheit in der Erkenntniss Gottes[6]). Dieselbe wird aber nur durch den Glauben erlangt[7]). Nur die heilige Schrift und Kirchenlehre giebt

---

[1]) Ib. Tum demum discet et quanta ratione praedita sint ea ipsa, quae secutus est ante rationem, et quid sit ipsa ratio, quam post autoritatis cunabula firmus et idoneus jam sequitur atque comprehendit, et quid intellectus, in quo universa sunt vel ipse potius universa et quid praeter universa universorum principium. Ad quam cognitionem in hac vita pervenire pauci, ultra quam vero etiam post hanc vitam nemo progredi potest

[2]) De ord. II, 13, 38: Ipsa ratio — scit scire, sola scientes facere non solum vult, sed etiam potest. De ver. rel. 8, 14.

[3]) De ver. rel. 24, 45: Certe summa est ipsius jam cognitae atque perspicuae veritatis auctoritas.

[4]) Ib.

[5]) Ib. De ord. II, 9, 26: Tempore auctoritas, re autem ratio prior est.

[6]) Sent. l. I, 1, 3: Primum scientiae studium quaerere deum.

[7]) Ib. 2, 2: Deus si creditur, merito quaeritur.

die rechte Weisheit[1]). Doch wird der Glaube nicht durch Gewalt erzwungen, sondern durch Vernunft und Beispiel dem Menschen nahe gebracht[2]).

Je mehr in der Folgezeit das Studium der Philosophie vernachlässigt wurde, und selbständige Forschungen auf ihrem Gebiete ganz aufhörten, um so höher musste die Autorität des Kirchenglaubens steigen, zumal Rom dieselbe äusserlich wohl zu bewahren und den neuen Völkern gegenüber geltend zu machen verstand. Es kann daher nicht Wunder nehmen, wenn wir zunächst bei dem Wiedererwachen der wissenschaftlichen Studien die Autorität der Kirche noch stärker betont finden als bei Augustin. Alcuin sah es als seine höchste Aufgabe an, seine Schüler im Gehorsam derselben zu erziehen, und obgleich er früher die Studien der alten classischen Schriften wohl gepflegt hatte, konnte er doch in seinen letzten Lebensjahren so weit gehen, die Beschäftigung mit denselben als gefährlich zu verbieten. Da er in den Häresien seiner Zeit nur Verirrungen der Vernunft erkannte, so betonte er dagegen die Autorität der Apostel und Väter[3]). Nur durch den katholischen Glauben kann man zur wahren Glückseligkeit gelangen[4]). Doch will Alcuin den Vernunftgebrauch keineswegs ausschliessen. Nur muss der Glaube dem Erkennen vorausgehen[5]).

---

[1]) Ib. III, 9, 2: Quanto quisque magis in sacris eloquiis assiduus fuerit, tanto ex eis uberiorem intelligentiam capit. De ord. creat. 1, 7: Haec est catholica fides, hanc credere et confiteri quam discutere plus proficit.

[2]) Ib. II, 2, 4: Fides nequaquam vi extorquetur, sed ratione atque exemplis suadetur.

[3]) Z. B. Adv. Elip. Tolet. episc. IV, 11 (Frob. opp. I, p. 911): Habete fidem sanctarum paginis scripturarum, et nolite transgredi terminos, quos statuerunt patres ecclesiasticae dignitatis.

[4]) De fid. s. trin. I, 1 (Frob. opp. I, p. 707).

[5]) Comm. in Joan. l. III, 16 (Frob. opp. I, p. 531); l. IV, 17 (p. 535): Noli quaerere intelligere, ut credas, sed crede, ut

Eines solchen Lehrers Schüler war Fr. Es ist höchst unwahrscheinlich, dass dieser eine wesentlich andere Stellung eingenommen hat als jener. Wir würden Andeutungen darüber in Alcuins Briefen finden. Der Streit, den Fr. mit Agobard führte, beweist vielmehr, dass er der göttlichen Autorität den höchsten Werth beilegte und sich dieselbe auch sehr äusserlich dachte. Auch die Betrachtung seiner Schrift wird zeigen, dass er vollkommen ein Sohn seiner Zeit war.

Fr. will auf eine zweifache Weise die Wahrheit seiner Lehren beweisen, sowohl *ratione* als *auctoritate*[1]). Zunächst gilt es zu untersuchen, in welchem Sinne er beide Ausdrücke gebrauche. Zur näheren Bestimmung der *auctoritas* fügt er mehrere Male das Adjectivum *divina* hinzu[2]). Daraus kann man zunächst schliessen, dass an die heilige Schrift zu denken sei. Sie gilt ihm denn auch als göttliche Autorität. Er wendet dieselbe nicht nur reichlich an, um seine Ansichten zu beweisen; ihre Aussprüche sind auch geeignet, ohne Weiteres die Einwürfe der Gegner zu widerlegen[3]). Sie sind ihm *divina testimonia*[4]). Die heilige Schrift ist bis auf den sprachlichen

---

intelligas. Adv. Elip. Tolet. episc. a. a. O.: Si prius cognoscere et deinde credere velimus, nec cognoscere nec credere valeremus. Noch stärker wird die Autorität der Kirche in der Schrift Confessio fidei betont, z. B. III, 27 (Frob. opp. II, p. 406); 36 (p. 409); IV, 5 (p. 413): Veritas mysterii — non humano intellectu comprehendi et subtili ratione perpendi valet. — Melior est fides quam ratio. — Multi erraverunt, dum — ratione supra se ascendere praesumpserunt. Doch ist diese Schrift nicht allgemein als echt anerkannt worden. Cf. Bähr, Geschichte der röm. Liter. im karol. Zeitalter p. 323.

[1]) Cf. oben p. 16, 22—27; p. 23, 1.
[2]) p. 17, 15; p. 20, 17, 19.
[3]) p. 18, 23 ff.
[4]) p. 21, 9 f.

Ausdruck vom heiligen Geiste eingegeben[1]). Er verwendet in gleicher Weise Stellen des alten wie des neuen Testamentes, doch scheinen ihm die Worte Christi von besonderem Werthe zu sein[2]). Die göttliche Autorität findet aber Fr. nicht allein in der heil. Schrift[3]), sondern auch in der von Gott geleiteten Kirche[4]), welche durch die Verwaltung des Sakramentes des Altars jederzeit mit Christo selbst in Verbindung steht. Daher gelten ihm auch die Väter und alle Uebersetzer und Ausleger der Schrift als Autorität[5]). Diese göttliche Autorität ist von unbedingter Sicherheit und Gewissheit. Sie kann durch keine Vernunft vernichtet, durch keine Gegengründe widerlegt, durch keine Kraft bekämpft werden[6]). Himmel und Erde kann leichter vergehen, als dass sie geändert werden könnte[7]). Sie ist unbesiegt[8]).

Unter *ratio* dagegen versteht Fr. das dialektische[9]) Beweisverfahren[10]), und da dies in der Anwendung von Vernunftschlüssen besteht, auch die Vernunft. Er wendet allenthalben in seinen Untersuchungen die Dialektik an, und scheint Agobard gegenüber nicht wenig stolz darauf gewesen zu sein[11]). So gute Dienste die *ratio* ihm

---

[1]) Agob. adv. Fr. 12: Turpe est credere Spiritum s., qui omnium gentium linguas mentibus apostolorum infudit, rusticitatem potius per eos quam nobilitatem uniuscujusque linguae locutum esse. Worte des Fr.

[2]) p. 21, 25 ff.

[3]) Wie Lorentz, Alcuins Leben p. 179 annimmt.

[4]) p. 17, 17 ff.

[5]) Agob. adv. Fr. c. 7—10.

[6]) p. 18, 1 ff.

[7]) p. 20, 18 ff.

[8]) p. 19, 15.

[9]) Der Ausdruck Dialektik ist im Sinne und Sprachgebrauche der damaligen Zeit auch im Folgenden beibehalten.

[10]) Cf. p. 16, 23 f., 27 ff.

[11]) Agob. adv. Fr. 4: His bene perspectis, apparebit hanc

aber auch leistet, so reicht sie doch nicht aus, über die höchsten Fragen Aufschlüsse zu geben[1]), denn die menschliche Vernunft ist ja nicht einmal im Stande, die Natur und Substanz der vier Elemente zu erkennen[2]).

Aus diesen Angaben über die *ratio* und den obigen über die *auctoritas* lässt sich das Verhältniss beider zu einander leicht bestimmen. Den Lehrinhalt giebt die *auctoritas*, die *ratio* dient als Mittel dazu, das Verständniss und die Erkenntniss der Lehren der Autorität zu fördern, ihre Wahrheit zu beweisen. Da die Autorität in ihren Aufstellungen absolut sicher ist, so kann die Vernunft daran nichts ändern. Würde die Vernunft durch ihre Schlüsse zu einem anderen Resultate kommen, so würde sie damit nur zeigen, dass sie in sich falsch sei, sich als leere *opinio* erweisen[3]).

Fr. führt zwar *auctoritas* und *ratio* nebeneinander zur Begründung an, so dass es scheinen könnte, als ob sie gleiche Beweiskraft hätten[4]). Allein die Autorität bleibt doch das Höhere. Die Vernunft, wenn sie die Autorität begleitet, kann nur dazu dienen, letztere als unbesiegt darzustellen und ihre Aussagen vor dem denkenden Subjecte zu rechtfertigen[5]). Sie kann nicht über die Autorität hinaus, hat an ihr ihre Schutzwehr und sichere Stütze[6]).

---

vestram non esse veram ratiocinationem. c. 7: Apostoli — rationabiliter ab imperitiae calumnia defendi queunt.

[1]) p. 16, 24.

[2]) p. 18, 3—13. Aestimare im Sinne von natürlicher Erkenntniss. Cf. Tert. de anima 9, wo es im Gegensatze zu revelatio steht. Zur Sache cf. Aug. De quant. an. 1, 2.

[3]) p. 18, 21 f.

[4]) p. 16, 24 ff. p. 19, 15 ff. p. 23, 1.

[5]) p. 19, 15 ff. Die Stelle ist nicht so zu verstehen, wie es Reuter, Geschichte der religiösen Aufklärung im Mittelalter I, p. 40 f. zu thun scheint, als ob die Autorität gerade erst dadurch, dass sie von der Vernunft begleitet wird, eine unbesiegbare würde.

[6]) p. 17, 15 ff. Fast den entgegengesetzten Sinn hat Ritters

Es erübrigt die Erklärung jener Worte, die den Anlass zu Missverständnissen gegeben haben. Sie sind bisher noch nicht berücksichtigt worden, weil wir erst durch
das Vorangehende den richtigen Standpunkt für ihre Beurtheilung finden mussten. Nach dem Texte des Baluz
soll Fr. die Autorität nach der Vernunft bestimmen und
die so bestimmte die alleinige und sichere Autorität
nennen[1]). Eine derartige Verhältnissbestimmung, wie sie,
ganz abgesehen von Baur[2]), auch Ritter[3]) und Neander[4])
giebt, steht in zu offenem Widerspruche mit den oben
dargelegten Anschauungen des Fr., als dass sie sich den
Untersuchungen Anderer gegenüber hätten halten können.
Sie ist um so unbedingter zu verwerfen, als die Handschriften nicht: *sed ratione dumtaxat*, sondern *ratio* haben;
offenbar ein durch Versehen des Abschreibers aus der
vorigen Zeile. wiederholtes Wort. Reuter[5]) liest dafür
rationali. Aber mit dieser Conjectur ist wenig geholfen.
Der Sinn der Stelle wird damit nicht wesentlich geändert.
Eine *auctoritas rationalis* würde dann nach dem Zusammenhange eine solche sein, die durch die *ratio* erst ihren

---

Uebersetzung dieser Worte in Geschichte der Philosophie VII.
p. 188: „Die göttliche Autorität scheint ihm nur als Bestätigung
und Schutzwehr der Vernunft.“

[1]) p. 16, 25 f.

[2]) Er sagt: Dogmengeschichte II, p. 43, Fr. liesse nur die
ratio als einzige und höchste auctoritas gelten. (!)

[3]) Er behauptet: Geschichte der Philosophie VII, p. 188, dass
Fr. sich entschieden dafür erkläre, dass jede Autorität nur durch
Vernunft ihre Autorität habe.

[4]) Er verallgemeinert: ¡Dogmengeschichte II, p. 16 f. jenes
primum — deinde und schreibt dem Fr. somit die Behauptung zu,
man müsse bei allen Untersuchungen zuerst die Vernunft ge-
brauchen und dann erst zur Autorität seine Zuflucht nehmen, und
zwar zu einer Autorität, die vernunftmässig sei. Aehnlich: Allgemeine Geschichte der christlichen Religion VI, p. 247.

[5]) Geschichte der religiösen Aufklärung im Mittelalter I,
p. 274, Anm. 21.

Werth und ihre Berechtigung erhielte. Allerdings verharrt Fr., wie aus dem Obigen ersichtlich, nicht bei schroffer Entgegensetzung beider Begriffe, aber er schiebt sie auch nicht in dieser Weise in einander. Sie gehen beide neben einander her und treffen in demselben Objecte zusammen, aber keineswegs gilt nur diejenige Autorität, die von der Vernunft gefordert wird. Da die Verhältnissbestimmung, wie Reuter sie giebt, einzig und allein in der Conjectur ihren Grund hat, mit den übrigen Aussagen des Fr. aber im Widerspruche steht, so ist sie zu verwerfen[1]). Mit der Grundanschauung des Fr. steht die Verbesserung Prantls in besserem Einklange, der *revelatione* liest[2]). Aber dieses Wort kommt, wie Reuter mit Recht dagegen bemerkt, in der Schrift des Fr. nicht vor und würde auch den Gedanken des Verfassers nur einseitig wiedergeben. Besser ist es daher, das bei *auctoritas* sich sonst noch drei Mal findende Wort *divina* zu lesen, welches auch von dem Relativsatze, *quae sola auctoritas est* etc. gefordert zu werden scheint. Unter *qualibet auctoritate* ist dann irgend eine menschliche zu verstehen[3]). Dies ist die einfachste Lösung der Frage und beseitigt alle, auch die scheinbaren Widersprüche aus den Aufstellungen des Fr. über Vernunft und Autorität, und steht in Einklang mit seinen in der Streitschrift des Agobard sich findenden Behauptungen.

Gebührt nun nach alledem der Autorität der Vorrang und ist sie die sicherste Quelle der Wahrheit, so geht doch daraus, dass Fr. die Vernunft in reichlicher Weise anwendet, hervor, dass ihm der Standpunkt, der nach

---

[1]) Damit fällt Alles, was Reuter a. a. O. p. 40 f. über den philosophischen Standpunkt des Fr. sagt. Geradezu im Widerspruche mit den klaren Worten desselben p. 3, 1—18, steht die Behauptung, dass die Autorität in ihrer Echtheit der Vernunft erkennbar sein müsse.

[2]) Geschichte der Logik im Abendlande II, p. 18.

[3]) Cf. oben Augustins Lehre.

gläubiger Annahme der Autorität auch durch die Vernunft dieselbe zu rechtfertigen versteht, der höhere ist. Wir finden demnach bei Fr. Augustinische Anschauungen wieder. Nur der Unterschied bietet sich dar, dass Fr. gemäss dem Entwicklungsgange der Zeiten die Sicherheit der Autorität mit stärkeren Ausdrücken hervorhebt als Augustin. In Vergleich mit den übrigen Vorgängern finden wir aber den Fortschritt, dass er es mit der Vernunfterkenntniss wirklich ernst nimmt und die Geheimnisse des Glaubens durch das Denken selbständig zu erfassen sucht. In welcher Weise er dazu die Dialektik angewendet, das soll das folgende Capitel zeigen.

Capitel II.

Die Dialektik.

Anstatt von vorn herein ein Urtheil darüber abzugeben, ob die Auffassungsweise des Fr. „in logischer Beziehung so plump oder so naiv zu nennen sei, dass man in der That keine Wortbezeichnung dafür finde"[1]), oder ob in den Ausführungen „eine gewisse dialektische Gewandtheit nicht zu verkennen"[2]) sei, wollen wir den Untersuchungen des Fr. Schritt für Schritt nachgehen und die Fehler derselben aufzuzeigen suchen.

Er stellt die Frage auf, ob das Nichts Etwas sei oder nicht[3]). Diese Frage erscheint ihm nicht als müssige, etwa nur zu dem Zwecke gestellt, seine dialektische Kunstfertigkeit zu zeigen, sondern sie dient ihm zur Lösung eines schwierigen metaphysischen Problemes[4]). Er

[1]) Cf. Prantl, a. a. O.
[2]) Cf. Huber, Joh. Scot. Erigena, p. 34.
[3]) p. 16, 13 f.
[4]) p. 16, 4—12; cf. p. 23, 1—10.

will nicht erweisen, dass dem Begriffe Nichts an sich und immer eine Realität entspreche, denn er gebraucht dieses Wort an anderem Orte[1]), um die Negation alles Seienden anzudeuten. Bei dem Worte Nichts hat Fr. dasjenige im Sinne, aus dem Gott die Welt geschaffen hat. Dass er dessen Realität erweisen will, ist für das Folgende im Auge zu behalten.

Auf die obige Frage scheinen dem Fr. zwei Antworten möglich; entweder die, dass es Nichts sei, oder die, dass es nicht ein Etwas sei. Schon die erste Antwort selbst scheint ihm einzuräumen, dass dem Nichts Existenz zukomme. Der Beweis wird im erleichtert durch den Ausdruck, den die Antwort im Lateinischen hat. Da lautet sie: *Videtur nihil esse.* Eigentlich ist hier *nihil* Prädicat und *esse* Copula. Fr. aber fasst es als Subject und *esse* als Bezeichnung der Existenz. Er kommt dadurch zu dem Resultate, dass jene Antwort soviel sage als: *Videtur nihil quiddam esse.* Er wendet nach dieser Erschleichung den hier nahe gelegten Satz des Widerspruches an und hält es dann für sicher erwiesen, dass das Nichts ein Etwas sei. Der Hauptfehler, dessen sich Fr. hierbei schuldig macht, ist also der, dass er dem Sein der Copula das Sein der Existenz unterschiebt, ein Fehler, der freilich gross genug ist, um seine Beweisführung sofort als hinfällig erscheinen zu lassen, der aber in der Geschichte der Philosophie, wenn auch in verdeckterer Weise, noch oft genug wiedergekehrt ist. Schwieriger wird dem Fr. die Widerlegung der zweiten Antwort, die da lautet: *Videtur nihil nec aliquid esse.* Er findet hier keinen Anhalt an der Form der Antwort und bleibt desshalb bei dem Worte *nihil* stehen. Jeder Name bezeichnet ein bestimmtes Etwas, ein reales Object. Wenn wir z. B. die Namen: Mensch, Stein, Holz nennen hören, so stellen

---

[1]) p. 20, 14.

wir uns einen bestimmten Gegenstand vor. Ja ausser einzelnen Gegenständen bezeichnen diese Namen auch noch die Gesammtheit aller in gleicher Weise bestimmter Objecte. Zu diesen Namen gehört auch das Wort *nihil*, denn es dient ihm ja zu einer Bezeichnung, nemlich dessen, woraus Gott die Welt geschaffen hat. Folglich, schliesst er, muss man das Nichts auf dasjenige beziehen, was es bezeichnet. Diesem muss aber Existenz zukommen, denn es ist unmöglich, dass ein Etwas nicht sei, es muss eine *res existens* sein.

Obgleich der Versuch, dem Nichts die Existenz zu erweisen, an seiner Sonderbarkeit verliert, wenn wir erwägen, dass Fr. das vorweltliche Nichts im Sinne hatte, welches er sich nicht als ein *nihil pure negativum* oder οὐκ ὄν, wie man es sonst nennt, denken konnte, so scheitert doch der ganze Versuch daran, dass aus dem Worte die Realität der Sache erwiesen werden soll. Wäre dem Fr. dies gelungen, so müsste er bei jedem Gebrauche des Wortes *nihil* an eine bestimmte, existirende Sache denken. Dies thut er aber selbst nicht[1]). Seine deductiven Schlüsse sind rein formell betrachtet freilich richtig. Sie lauten kurz:

1) Jeder Name bezeichnet ein Etwas,
   Nichts ist ein Name;

   Nichts bezeichnet ein Etwas.
2) Jeder Bezeichnung entspricht eine Existenz,
   Nichts ist die Bezeichnung eines Etwas;

   Dem Nichts entspricht eine Existenz.

Allein das ganze Verfahren ist eine *petitio principii*. Zum Erweise des ersten Untersatzes wäre die Folgerung erforderlich. Dass Nichts der Name einer Sache sein soll, steht dem Fr. von vorn herein fest. Das aber sollte gerade bewiesen und nicht als Beweisgrund verwandt werden.

---

[1]) Cf. p. 34, Anm. 1.

Es kommt ihm hierbei freilich auch der lateinische Sprach-
gebrauch des Wortes *nomen* zu Hülfe. Es schliesst die
beiden Bedeutungen Nomen im grammatischen Sinne und
Name eines Dinges in sich. Der Fehler des zweiten
Schlusses beruht darin, dass jedes Etwas, was durch ein
Wort bezeichnet zu werden pflegt, auch ein concretes,
existirendes Ding sein soll. Es ist dies wieder eine
selbstverständliche Voraussetzung des Fr. Er verwendet
das Wort in zwei verschiedenen Bedeutungen. Erst ist es
allgemeinster Ausdruck für Vorstellungen überhaupt und
dann für existirende Dinge. Dem Fr. scheint es allerdings nur das Letztere zu bedeuten. Die Möglichkeit
von blosen Gedankendingen, abstrakten Begriffen, reinen
Verhältnissen, Zuständen und Beziehungen ist für seine
Untersuchungen ganz ausgeschlossen.

Wenn Fr. schon die in dem Worte *nihil* enthaltene
Negation vollständig ignorirt, so werden wir uns nicht
wundern können, wenn er in dem Begriffe der Finsterniss nur Positives findet. Er kommt nur desshalb auf
die Finsterniss zu sprechen, weil ihm von seinen Lesern
entgegengehalten worden war, dass nicht nur dem Worte
Nichts, sondern auch noch anderen, z. B. Finsterniss keine
res existens entspreche[1]). Fr. schreckte keineswegs vor
den Consequenzen seiner früheren Behauptung zurück.
Er behauptet auch hier, dass die Finsterniss ein reales
Ding sei. Zum Beweise dieser Behauptung führt er die
heil. Schrift an und zwar zunächst Gen. 1, 2, wo es
heisst: Finsterniss war auf der Tiefe. Er verwechselt
hier wiederum das Sein der Copula mit dem der Existenz,
indem er ausdrücklich hinzufügt, dass jedes Mal das Wort
Sein[2]), wo es bei einem Subjecte ohne Negation stehe,

---

[1]) p. 18, 18 ff.

[2]) p. 19, 7 ff. Verbum substantiae. Alcuin nennt esse das
verbum substantiale. De dialect. c. 16. (Frob. opp. II, p. 850).

auch dessen Substanz aussage. Durch das Prädicat *erant*
werde erklärt, dass die Finsterniss eine gewisse Art des
Seins habe. Dies ist dem Fr. aber noch nicht genug. Er
versteigt sich sogar soweit, bildliche Ausdrücke als eigentliche anzuwenden. Gott habe Aegypten mit so dichter
Finsterniss bedeckt, dass man sie habe greifen können
(Ex. 10, 21)[1]. Mit grosser Wortverschwendung beweist
er daraus, dass ihr ein Sein zukommen müsse. Ferner,
weil (Ps. 105, 28) Finsterniss geschickt würde[2], müsse
sie auch sein. Ebenso verwendet er Ps. 18, 12 und 139, 11.
Einen Schritt weiter führt ihn Matth. 8, 12[3], indem er
hieraus nachweist, dass Finsterniss örtlich sei. Das Ent-
stehen der Finsterniss Luc. 23, 44 fasst er als ein *effici*
auf[4], und sonach ist ihr ein Dasein gegeben worden.
Dass die Finsterniss endlich etwas Körperliches sei, beweist er aus Matth. 6, 23[5], wo es heisst: *Si lumen, quod
in te est (sc. tenebrae sunt), ipsae tenebrae quantae erunt?*
Hiermit werde von der Finsterniss Quantität ausgesagt;
die Quantität komme aber als Accidens nur Körpern zu.
Die Accidentien seien entweder in dem Subjecte oder
werden von ihm ausgesagt[6]. Jenes Wort beweise, dass
die Quantität, die Grösse, in dem Subjecte, der Finsterniss, sei; um so sicherer müsse diese ein Körper sein.

Ganz dieselbe Art des dialektischen Verfahrens, wie
wir sie in dem Briefe des Fr. finden, tritt uns auch in
seinen Widerlegungen der Lehren des Agobard entgegen.
Dieser hatte den Satz aufgestellt: Wer wirklich demüthig
ist, denkt gering von sich und zweifelt desshalb nicht,

---

[1] p. 19, 24 ff.
[2] p. 21, 10 ff.
[3] p. 21, 27 ff.
[4] p. 22, 9 ff.
[5] p 22, 17 ff.
[6] Cf. Alcuin, de dial. 3. (Frob. II, p. 338).

dass er gesündigt habe[1]). Um diesen Satz zu bekämpfen, wendet ihn Fr. auf Christum an, da ja dieser auch ein Mensch gewesen sei. Dann folgt aber, dass Christus gesündigt hat, was der Wahrheit widerstreitet[2]). Agob. zeigt dagegen das Unberechtigte dieser Schlussfolgerung auf, indem er wohl zugiebt, dass Christus Mensch gewesen sei, aber dagegen einwendet, dass seine Menschheit ganz anderen Bedingungen und Voraussetzungen unterliege als unsre, daher von ihm nicht Alles in gleicher Weise gelten könne, was von den übrigen Menschen[3]).

In einer anderen Streitfrage zwischen beiden, die das Verhältniss der Begriffe Gott und Wahrheit betraf[4]), identificirte Fr. beide[5]) und schloss daraus, dass nun überall, wo von der Wahrheit die Rede sei, auch Gott verstanden werden müsse. Da Agobard diese Consequenz nicht zog, beschuldigte ihn Fr., dass er Gott und Wahrheit vollständig trenne.

Aehnliche Wortklauberei zeigt Fr. in einer rein theologischen Frage, die uns hier als solche nicht interessirt, die wir aber als letzten Beleg für sein dialektisches Verfahren anführen. Er sagte, die alttestamentlichen Gläubigen könnten nicht *christiani* genannt werden, weil Christus noch nicht gewesen sei; wohl aber könnten diejenigen

---

[1]) Agob. adv. Fr. c. 2: Qui vere humilis est, abjecta de se sentit; et qui abjecta de se sentit, errasse se non dubitat.

[2]) Dass Fr. nicht sagen wolle, Christus habe gesündigt, wie die Hist. litt. de la Fr. IV, p. 515, Papirius Massonus, de vita Agob. ejusque doctrina (bei Migne, 104, p. 23) und neuerdings noch Bach, Dogmengeschichte des Mittelalters I, p. 151 annimmt, hat Reuter a. a. O. p. 38 nachgewiesen.

[3]) Agob. adv. Fr. c. 3—6.

[4]) Ib. c. 15.

[5]) Falsch giebt die Hist. litt. de la Fr. a. a. O. und Pap. Mass. a. a. O. als Lehre des Fr. an, dass ein Anderes Gott, ein Anderes die Wahrheit sei.

unter ihnen, die nach alter Sitte gesalbt worden seien,
selbst *christi* genannt werden[1]).

Ritter[2]) hat mit Recht darauf aufmerksam gemacht,
dass die dialektischen Principien des Fr. ein Nachklang
der Platonischen Lehre seien, welche Sachen und Namen
in unzertrennliche Verbindung setzt. Die speciellere An-
knüpfung werden wir in der Lehre von der $\sigma\eta\mu\alpha\nu\tau\iota\varkappa\grave{\eta}$
$\varphi\omega\nu\acute{\eta}$ des Porphyrius zu suchen haben, wie sie
von Späteren, besonders von Pseudo-Augustinus und
Boëthius überliefert worden war[3]). Auch bei Isidor[4])
finden sich Andeutungen über das Verhältniss von den
Dingen und der Rede. Insbesondere aber ist es Alcuin,
an dessen Worte die Sätze des Fr. anklingen[5]). Indem
sich dieser an die Erklärung des Nomens: *Omne nomen
aliquid significat*, hielt, schloss er, sobald es ein allgemein
gebrauchtes Wort gebe, müsse diesem auch eine bestimmte Sache in der Wirklichkeit entsprechen und ebenso
müsse den Schlussfolgerungen, sobald sie, nur rein for-

---

[1]) Agob. adv. Fr. c. 16—22. Bei diesem Streite wirft Agobard
dem Vorkämpfer der Orthodoxie die monarchianische Ketzerei
des Paulus v. Samosata vor (c. 16). Ebenso behauptet Bach a. a.
O. von ihm, dass er die Präexistenz Christi leugne. Beide jedoch
mit Unrecht. Zu den Worten: Non erat Christus ist selbstverständlich in terra zu ergänzen.

[2]) Die christliche Philosophie I, p. 458.

[3]) Cf. Prantl, a. a. O. I, p. 72, 632, 650, 668, 683, II. p. 35.
Daselbst auch die Belege.

[4]) Origg. II, c. 27.

[5]) Ep. 123, (Frob. I, p. 179): Verba enim, quibus loquimur,
nihil aliud sunt, nisi signa rerum earum, quas mente concipimus.
De dialect. (Frob. II, p. 850): K: Nomen quid est? A: Vox
significativa secundum placitum, sine tempore, diffinitum aliquid
significans. — Omne nomen aliquid significat. (Cf. Gramm. Frob.
II, p. 268, 271). Ausserdem ist mit Fr. auch zu vergleichen Scot.
Erig., de divis. nat. I, 14 (Migne 122, p. 459): Quod in nominibus
cognoscimus, necessarium, ut in his rebus, quae ab iis signifi-
cantur, cognoscamus.

mell betrachtet, sich nach den Regeln der Dialektik richten, eine objective Wirklichkeit vollkommen entsprechen. Auf deductivem Wege arbeitete er eigentlich nur mit Worten anstatt mit Begriffen. Jene sah er als sich stets gleichbleibende Grössen an, ohne auf deren verschiedene Anwendung, Bedeutung und Beziehung in den einzelnen gegebenen Fällen zu achten. Wenn wir die dialektischen Anschauungen mit einem einheitlichen Namen bezeichnen wollen, so werden wir sie extremen Realismus nennen können[1]), da dem Fr. reine Begriffe ohne eine entsprechende äussere Realität etwas Unmögliches waren. Wir erblicken in seinen Anschauungen einen Synkretismus von Platonischen Grundgedanken und Aristotelischen Formen, wie wir ihn als das Resultat der späteren dialektischen Entwicklung bei Griechen und Römern leicht erklärlich finden. Fr. war ein zu unbedeutender Geist, um hierin neue Bahnen einzuschlagen; er nahm das Ueberlieferte einfach auf, wie seine nächsten Vorgänger Isidor, Beda und Alcuin. Er unterschied sich aber von ihnen dadurch, dass er nicht wie sie Excerpte aus früheren Dialektiken schrieb, sondern die dialektischen

---

[1]) Wir glauben, uns dieses Ausdruckes bedienen zu dürfen auch wenn wir bei Fr. noch keine Beziehung zu dem mittelalterlichen Schulstreite über die Universalien finden, da Realismus eine ganze Anschauungsweise bezeichnet und nicht nur für die Theilnahme an einem philosophischen Streite gilt. (Cf. Prantl. a. a. O. II, p. 18. Loewe: Der Kampf zwischen dem Realismus und Nominalismus. (Aus den Abhandlungen der k. böhm. Gesellschaft der Wissenschaften. VI. Folge, 8. B. Prag, 1876.) p. 32. Die Worte des Fr. p. 17, 2 ff. können wir hierfür nicht verwenden, da Fr. bei dem Worte universalitas hominum jedenfalls nicht den allen einzelnen Individuen zu Grunde liegenden Begriff Mensch, sondern die Gesammtmasse der Menschen im Sinne hat.

Einen ebenso crassen Realismus, wie Fr. in seinen dialektischen Untersuchungen vertritt, finden wir in seinen Auslegungen der Schrift; Nichts deutet dabei auf das damals übliche Allegorisiren hin. (Cf. Ritter, Geschichte der Philos. VII, p. 188).

Regeln für selbständige Untersuchungen zu verwerthen
unternahm. Wie unvollkommen dieser für das Mittelalter
erste Versuch auch ausfiel, einen Fortschritt werden wir
nicht verkennen dürfen.

Capitel III.

Das Nichts und die Finsterniss.

Indem wir uns nun zu dem materiellen Inhalte der
Lehren des Fr. wenden, wollen wir uns daran erinnern,
dass dieser keineswegs gesinnt war, von der Kirchenlehre
abzuweichen. Dass er in Bezug auf die Trinität streng
an der überlieferten Lehre festhielt, sehen wir aus den
Quaestiones de s. trinitate des Alcuin[1]). Daraus zeigt sich
ferner, dass er die Eigenschaften Gottes mit dem Wesen
desselben identificirte[2]), und es erklärt sich, dass er Agobard gegenüber betonte, Gott und die Wahrheit seien
Eins[3]). Er befand sich dabei auf Augustinischer Grundlage. Auch Alcuin hatte nachdrücklich betont, dass die
Kategorien auf Gott keine Anwendung finden könnten;
er sei ganz *substantia* und *essentia*[4]). Schon die Stellung
des Fr. zur Kirchenlehre lässt erwarten, dass er von
pantheistischen Anwandlungen frei geblieben ist, wie dies
Kaulich richtig erkennt[5]). Aber auch die eigenen Aussagen des Fr. geben keinen Anhalt, sein Nichts und
seine Finsterniss für die unergründliche Natur Gottes zu
erklären[6]).

---

[1]) Frob I. p. 739 ff.

[2]) Ib. Interr. 20, 21.

[3]) Keineswegs kann hierin eine Denkweise gefunden werden,
welche den Unterschied zwischen Gott und seinen Geschöpfen
zu gefährden scheint. Cf. Ritter a. a. O., p. 191 f.

[4]) De fide s. trin. I, 15. (Frob. I, p. 713).

[5]) Geschichte der scholastischen Philosophie I., p. 59 f.

[6]) Ritter, a. a. O. p. 191; p. 192 muthmasst er bei Fr. eine Neigung,

Unser Philosoph sagt im Eingange seines Briefes, dass sich schon Viele mit der Frage über das Nichts beschäftigt haben, dass dieselbe aber bis jetzt noch als ungelöst gelten müsse[1].) Es wird daher nothwendig sein, die früheren Aufstellungen über diesen Punkt kennen zu lernen. Es wurde schon oben gesagt, dass Fr. unter seinem *nihil* das Nichts verstehe, aus dem Gott die Welt geschaffen habe. Die vorliegende Frage berührt demnach das Problem der Schöpfung, der Weltentstehung.

Die Frage nach dem der Erscheinungswelt zu Grunde Liegenden war eine der wichtigsten, an deren Lösung die alte Philosophie sich versucht hatte. Den Grund der Sinnenwelt hatte Plato in einem Negativen ($\mu\grave{\eta}$ $\ddot{o}\nu$) gesucht, das aber nicht ein absolutes Nichts sein konnte, sondern ein zwischen Sein und Nichtsein Schwebendes, Gestalt- und Stoffloses war, ohne bestimmte Beschaffenheit, von Ewigkeit her.

Nach ihm bildeten die Neuplatoniker, besonders Plotin, die Lehre von dem $\mu\grave{\eta}$ $\ddot{o}\nu$, der qualitätlosen Materie, der Grundlage und Tiefe eines jeden Einzeldinges, durch deren Verbindung mit der Form die Körper entstanden seien, weiter aus.

Die Väter wandten sich natürlich dem Schöpfungsbegriffe zu. Sie widmeten mit Vorliebe dem Hexaëmeron eingehende Erklärungen. Alle verwerfen die ungeschaffne Materie. Es steht ihnen fest, dass Gott die Welt durch den Logos, die ideale Grundlage derselben, aus Nichts geschaffen habe. Gegenüber den gnostischen Kos-

---

alles weltliche Sein in die Fülle der Gottheit zu versenken. Stöckl, Geschichte der Philos. des Mittelalters 1, p. 20 ff., folgt Ritters Ansichten.

[1]) Es ist somit gegen die eignen Worte des Fr., seine Ansichten nur von einer einzigen Stelle in den Schriften eines Früheren abhängen zu lassen. Cf. Prantl, a. a. O. p. 19. Werner, a. a. O. p. 127.

mologieen hielten sie an dem Nichts, als der reinen
Negation alles Seins, fest. Die meisten Väter nehmen
an, dass Gott zunächst die Materie geschaffen und aus
dieser im Hexaëmeron die Einzeldinge gebildet habe[1]).
Besonders hervorzuheben ist hier Ephräm, der Syrer, der
eine Erschaffung des Alls aus dem Nichts im absoluten
Sinne lehrte, daneben aber das Chaos als ein relatives
Nichts betrachtete[2]).

Augustin theilt im Wesentlichen die gleiche Lehre.
Sein Riesengeist hat an den Ausbau derselben viel Kraft
gewendet. Es finden sich bei ihm mannigfache Ansichten
erwähnt und bekämpft. Seine eigenen, für uns wichtigen,
können wir in Folgendem zusammenfassen:

Die Idee der Welt ist von Ewigkeit her im „Worte
Gottes"[3]), aber die Welt in ihrer Materialität hatte einen
Anfang, und mit ihr zugleich erst ist die Zeit geschaffen
worden[4]). Vorher existirte ausser Gott nicht etwas An-

---

[1]) Zöckler, Geschichte der Beziehungen zwischen Theologie
und Naturwissenschaft. (Gütersloh, 1877) I, p. 149 ff.

[2]) Explanatio in genesin, (Opp. syr —lat. ed. Bened. et Steph.
Ev. Assemani, Rom. 1737, t. I,) c. 1, p. 6: Planum fit, coelum
et terram ex nihilo educta fuisse —. Subdit (sc. Moses), terram
fuisse tohu et bohu, hoc est desertam et vacuam, docens vacuum
et inane rerum substantiis antiquius esse, non quod vacuum rem
esse credamus, sed ut inde nobis constet, solam terram exstitisse,
praeterea nihil Cf. Zöckler, a. a. O. p. 170 ff. u. Anm. 65, p 291.

[3]) De gen. contra manich. I, 2, 3. De gen. ad lit. I, 1, 2; 9, 3.
De civ. dei XI, 10, 3: Una sapientia est, in qua sunt immensi
quidam atque infiniti thesauri rerum intelligibilium, in quibus sunt
omnes invisibiles atque incommutabiles rationes rerum, etiam
visibilium et mutabilium, quae per ipsam factae sunt. (Cf. de
div. qu. 46; de ideis 2).

[4]) De gen. ad lit. impf. lib. 3, 8: Illud certe accipiendum est
in fide omnem creaturam habere initium, tempusque ipsum creaturam esse. De civ. dei XI, 4. XII, 2; 10; 25. Ep. fund. 25, 27.
Die Lehre, dass die Zeit erst mit der Schöpfung der Welt zugleich
entstanden sei, hatte nach Plato unter den Vätern zuerst Tertullian
(adv. Marc. II, 3) und Clemens v. Alex. (strom. 5, 16) aufgestellt.

deres, woraus er die Welt hätte schaffen können, also
schuf er sie aus dem reinen Nichts[1]. Zuerst schuf er
die gestaltlose Materie, welche die Samen aller übrigen
Dinge in sich enthielt[2]. Auch die menschliche Seele
wurde mit in ihr geschaffen. Im Hexaëmeron vollzieht
sich dann eine Gestaltung, Verwandlung der Materie in
die einzelnen Dinge. Die Frage nach dem Wesen und
der Beschaffenheit dieser Materie ist dabei für Augustin
das Hauptproblem. Als Resultat seiner Untersuchung
darüber ergiebt sich, dass sie unsichtbar und ungeordnet
ist. Sie ist beinahe Nichts, weil informis, aber doch ein
Etwas, weil alles Uebrige ausser Gott aus ihr gebildet
werden konnte[3]. In ihrem Verhältniss zu diesem ist sie
das Erstere, aber nur dem Ursprunge, nicht der Zeit
nach. Gott schuf die Materie und die Dinge, in die er
sie formte, zugleich[4], und somit wird der Begriff der

---

[1] Conf. XII, 7: Aliud praeter te non est, unde faceres ea
— et ideo de nihilo fecisti coelum et terram. De gen. ad lit.
VII, 5, 7: — quod omnino non erat, id est ex nihilo.

[2] De gen. ad lit. impf. lib. 3, 10: Ipsam materiam, cujusmodi-
cumque sit, non possumus dicere non ab eo factam, ex quo omnia confitemur, — ut — ipsa materies, coelum et terra, veluti
semen coeli et terrae appellata sit. De gen. contra man. I, 5, 9:
Primo materia facta est confusa atque informis, unde omnia,
quae distincta atque formata sunt. Ib. 6, 10.

[3] Conf. XII, 8. Invisibilis erat et incomposita (nach den
LXX: ἀόρατος καὶ ἀκατασκεύαστος). — Illud autem totum prope
nihil erat, quoniam adhuc omnino informe erat, jam tamen erat,
quod formari poterat. Tu fecisti mundum de informi materia,
quam fecisti de nulla re pene nullam rem. Es ist daraus ersichtlich, dass nach Aug. keineswegs das Nichts, aus dem Gott
die Welt schuf, die ursprünglich formlos von Gott geschaffene
Materie selbst ist. Cf. Loewe a. a. O. p. 32.

[4] De gen. ad lit. I, 15, 29: Illud, unde fit aliquid, etsi non
tempore, tamen quadam origine prius est. — Non dubitandum
est ita esse utcunque istam informem materiam prope nihil, ut
non sit facta nisi a deo et rebus, quae de illa factae sunt, simul
concreata sit.

Zeit sogar aus dem Hexaëmeron entfernt. Augustin reproducirte hierin die Lehre des Origenes. In Bezug auf die Bestimmung der Materie ist nicht zu verkennen, dass Augustin auf Plato und die Neuplatoniker zurückgreift.

Claudianus Mamertus (gest. um 474), der gegen Faustus die Unkörperlichkeit der Seele nachzuweisen suchte, schied ausdrücklich die Materie von dem Nichts[1]).

Gregor der Grosse hielt sich an Augustin, schied aber die Schöpfung der Materie und die Gestaltung der Einzeldinge auch der Zeit nach[2]).

Ganz und gar an Augustin lehnt sich Isidorus Hispalensis an. Vor der Schöpfung bestand die Welt in der ewigen Vernunft[3]). Zuerst wurde die gestaltlose Materie aus dem reinen Nichts geschaffen[4]), die nicht der Zeit, sondern dem Ursprunge nach eher war als die Einzeldinge[5]). Mit ihnen entstand die Zeit[6]).

Beda geht insoweit über Augustin hinaus, als er das Thun Gottes bei der Schöpfung in ein vierfaches gliedert. 1. sind die Dinge ewig im Worte Gottes, 2. ist die gestaltlose Materie aus Nichts geschaffen und in ihr zugleich die Elemente der Welt, 3. sind im Hexaëmeron die himm-

---

[1]) De statu animae (ed. Caspar Rothenins, Cygneae 1655) III, 6: Inter aliquid et nihil est informis materia . . . Informis materia praestat nihilo.

[2]) Moralium lib. XXXII, 12, in Job. 40, 10: Rerum substantia simul creata est, sed simul species formata non est; et quod simul exstitit per substantiam materiae, non simul apparuit per speciem formae.

[3]) Sent. I, 8, 3.

[4]) Ib. 7: Materia, ex qua coelum terraque formata est, ideo informis vocata est, quia nondum ea formata erant, quae formari restabant, verum ipsa materia ex nihilo facta erat. Dies ist die Stelle, in der Prantl a. a. O. II, p. 18 die Veranlassung zu den Erörterungen des Fr. findet.

[5]) Ib. 6.

[6]) Ib. 3.

lischen und irdischen Creaturen geschaffen worden und 4. erhält Gott gemäss den *primordiales causae* die Welt fort und fort[1]).

Diese Viertheilung des Wirkens Gottes führt auch Alcuin an[2]). Sonst hebt er noch besonders hervor, dass die Creatur in Gottes Weisheit von Ewigkeit her bestehend, in der Zeit geschaffen wurde[3]), dass die vier Elemente, das Licht, die Engel und die Seele aus Nichts geschaffen worden seien, welche anfangs vereint die gestaltlose Materie gebildet haben. Diese werde Gen. 1, 1 Himmel und Erde genannt, nicht weil sie dies actuell, sondern potentiell war[4]). In der *Confessio fidei* erwähnt Alcuin verschiedene Ansichten über die Schöpfung, wagt aber unter diesen keine bestimmte Entscheidung zu treffen[5]). Wenn wir gewiss sein könnten, dass diese Schrift wirklich von Alcuin herrührte[6]), so hätten wir den sichersten Aufschluss über die Bemerkung des Fr., dass schon Viele die Frage über das Nichts erwogen, aber eine befriedigende Lösung noch nicht gefunden haben.

---

[1]) De rer. nat. 1 u. 2. Ausserdem 1. in principium Genesis. Cf. Werner, Beda der Ehrwürdige und seine Zeit (Wien 1875), p. 152 f. u. Zöckler, Geschichte der Beziehungen zwischen Theologie und Naturwissenschaft. 1877. p. 246 ff. Obige Viertheilung stammt nicht von Alcuin. Cf. Zöckler, a. a. O. p. 384 f.

[2]) Interrog. et resp. in libr. gen. 19 (Frob. I, p. 306).

[3]) Comment. in Joan. I, 1, v. 3, 4. (Frob. I, p. 468): Manifeste docet evangelista factam quidem in tempore. creaturam; sed in aeterna creatoris sapientia, quando et qualis crearetur, semper fuisse dispositam.

[4]) Interr. et resp. in 1. gen. 20: Quae creaturae de nihilo factae sunt? Coelum, terra, angeli, lux, aër, aqua, anima hominis. Ib. 28: Informis illa materia, quam de nihilo fecit deus, appellata est primum coelum et terra, non quia jam hoc erat, sed quia jam hoc esse poterat. — In coeli et in terrae nomine spirituales et terrenae naturae intelligi possunt.

[5]) Pars III, 37—39. (Frob. II, p. 409).

[6]) Cf. Baehr a. a. O. p. 323.

An das bisher Dargestellte knüpfen die Speculationen
des Fr. an. Er hält zunächst an dem kirchlichen Lehr-
satze fest, dass die göttliche Macht, wofür wir auch kurz
Gott sagen können, da nach Fr. Eigenschaft und Wesen
Gottes identisch ist, aus Nichts Erde, Wasser, Luft, Feuer,
Licht, Engel und die Seele des Menschen, die ersten
Creaturen, hervorgebracht habe[1]). Er nennt hiermit die
vier Elemente, das Licht und die creatürlichen Geisteswesen. Das Licht bildet gewissermassen den Uebergang
von dem Körperlichen zu dem Geistigen. Da die Vorgänger des Fr. in der Erschaffung der gestaltlosen Materie
potentiell die der Elemente und Geisteswesen mitsetzten,
so zeichnet er mit jener zusammenfassenden Aufzählung
der ersten Creaturen den Umkreis desjenigen, was die
Genesis (1, 1) Himmel und Erde, jene die gestaltlose
Materie nannten. In dem erwähnten Satze unterscheidet
also Fr. ein Dreifaches: 1. den Schöpfer, 2. das, woraus
geschaffen wird, und 3. das, was geschaffen wird. Worin
nun Fr. von den Früheren abweicht, ist die Vorstellung
von dem Nichts. Es ist nicht, wie jene wollten, das
reine Nichts, sondern immer ein Etwas, das sich aber
nicht näher beschreiben lässt. Die Quantität und Qualität
desselben kann nicht erkannt werden. Dies ist ganz
natürlich, da wir ja nicht einmal die Substanz und die
Natur der ersten und vorzüglichsten unter den Creaturen,
die doch aus ihm entstanden sind, wie z. B. das Licht
oder die Engel, erkennen, obgleich sie uns doch näher
noch liegen als jenes Nichts. Ihre äussere Erscheinung
bestimmt noch nicht ihr inneres Wesen. Nur das lässt
sich sagen, dass alles Creatürliche aus ihm hervorgegangen ist, aus ihm seine Entstehung und Wesensbe-
stimmtheit ableitet. Daher erklärt sich denn auch Fr.
nicht deutlich, ob das Nichts etwas Körperliches sei; er

---

[1]) p. 17, 22 ff.

nennt es nur eine *res existens*. Mit diesem Worte ist über die Materialität noch Nichts ausgesagt, denn Fr. unterscheidet an anderem Orte[1]) ausdrücklich Sein und körperlich Sein. Er muss es sich als ein Mittleres von Geistigem und Körperlichem gedacht haben, da er beides aus ihm herleitet. Weiter können wir annehmen, dass er sich das Nichts doch dem materiellen Sein ähnlich vorgestellt hat, denn er legt ihm Quantität und Qualität bei. Vielleicht hat er auch Agobard gegenüber Ausdrücke gebraucht, die die Deutung, dass es etwas Materielles sei, zuliessen, da ihm dieser Gegner die Lehre von einer *incognita materies*[2]) zuschreibt. Somit können wir sagen, dass das Nichts des Fr. das allen Einzelwesen Vorausgehende und zu Grunde Liegende, der unbestimmte Urstoff alles Geschaffenen sei[3]), sowohl des Geistigen als des Körperlichen.

Wenn wir nun fragen, wie Fr. zu dieser sonderbaren Ansicht gekommen sei, so finden wir weiter keine Antwort, als dass es ihm unerklärlich war, wie dem Existirenden ein absolutes Nichts habe vorangehen können. Es waren also die Schwierigkeiten der Creationsidee, die ihn dazu verleiteten. Den Worten nach mit dem Kirchenglauben übereinstimmend, liess er doch der Vernunft praktisch einen grösseren Spielraum, als er theoretisch zugab.

Prantl meint, dass Fr. einen Rückhalt an dem theologischen Begriffe des „Wortes Gottes" besitze[4]). Es war aber von dem Standpunkte des Fr. aus unmöglich,

---

[1]) p. 22, 27.

[2]) Agob. adv. Fr. 14: Forsitan nostis, in qua regione jaceat illa incognita materies, unde animas dicitis creari in vacuo.

[3]) Ungenau ist die Erklärung, dass das Nichts die allgemeine und unendliche Gattung sei, von welcher alle übrigen Gattungen der Dinge nur besondere Formen der Dinge seien. Cf. Ritter, Gesch. d. Phil. VII, p. 190.

[4]) A. a. O. p. 19.

den Logos mit dem reinen Nichts zu identificiren, ihn
eine *res* zu nennen. Da wir keine Andeutungen von den
Ideen, den schöpferischen Gedanken Gottes, den ewigen
rationes rerum oder *primordiales causae* finden, sondern
nur von einem Urstoffe gehandelt wird, so kann auch
von dem Worte Gottes keine Rede sein.

Vergleichen wir die Lehre des Fr. mit denen seiner
Vorgänger, so zeigt sich, dass er mit ihnen übereinstimmt,
insofern nehmlich die Schöpfung aus Nichts bestehen
bleibt. Er weicht aber von ihnen ab, insofern das Nichts
deutlich die Merkmale der gestaltlosen Materie der
Früheren an sich trägt. Fr. suchte das Problem der
Schöpfung aus Nichts dadurch zu lösen, dass er die gestaltlose Materie bei Seite liess, dafür aber dasjenige,
was die Materie von den formtragenden Geschöpfen unterschied, auf das Nichts selbst übertrug — hatte doch schon
Augustin die Materie als beinahe Nichts bezeichnet —,
was diese aber als potentiell Bestimmtes in sich fasste,
von ihr als die erste Creatur ausschied. Er glaubte die
Worte der Genesis, nach denen das von Gott zuerst Geschaffene Himmel und Erde genannt wird, in der Weise
recht zu verstehen, dass er damit die geistigen Wesen
und die irdischen Elemente bezeichnet fand, während die
Früheren jene Worte als Bezeichnung der gestaltlosen
Materie genommen hatten.

Die Lösung, die Fr. der Frage nach dem Nichts gab,
beseitigte freilich die nächste Schwierigkeit der Creationsidee, hob sie aber keineswegs auf, sondern drängte sie
nur zurück. Sie kehrt sofort wieder, wenn wir fragen,
woher denn dieses Nichts komme, ob es von Ewigkeit her
neben Gott bestehe, oder von diesem auch erst erschaffen
sei. Fr. giebt darüber keinen Aufschluss, und so können
auch wir keine Vermuthungen darüber aufstellen. Fr.
hütete sich wohl, nähere Bestimmungen über das Nichts
zu geben, denn dann hätte der Widerspruch mit der Kir-

chenlehre, in dem er sich befand, offen hervortreten müssen.

Dieselben Anschauungen, die Fr. in seinem Briefe dargelegt hat, begegnen uns auch in der Streitschrift, die Agobard gegen ihn schrieb. Es handelte sich zwar nicht zunächst um den Begriff des Nichts, sondern um eine psychologische Frage, deren Behandlung aber hier ihre Stelle finden soll, weil sie im engsten Zusammenhange mit der Schöpfungstheorie des Fr. steht.

Dieser hatte den Satz vertheidigt, dass die Seele des Menschen bei der Geburt von aussen her zu dem Menschen komme und seine Behauptung mit Aussprüchen der heiligen Schrift vertheidigt[1]). Aus den Entgegnungen des Agobard geht hervor, dass nach Fr. jede einzelne Seele jetzt noch im Leeren geschaffen und von da dem Körper zugeführt werde[2]). Agobard, für den es nur Gott und Creaturen, kein Drittes gab, konnte diese Lehre nur lächerlich finden. Wir aber erkennen in jenem *Vacuum* das *Nihil* wieder, aus dem, wie wir oben sahen, auch die menschliche Seele hervorgegangen ist[3]). Da nach Fr.

---

[1]) Agob. adv. Fr. c. 14: Defenditis bene vos dixisse: Anima quando ad corpus pervenit; et sumitis testimonia de Scripturis dicentes: Spiritus redeat ad eum, qui dedit illum (Eccl. 12, 7) et: Revertatur anima pueri intra eum (I. Reg. 17, 21).

[2]) Ib.: Sed nos hoc reprehendimus, quod vos de animabus corporibus infundendis dixistis: Anima quando ad corpus pervenit. Quasi noveritis, de qua regione adveniat, aut forsitan nostis, in qua regione jaceat illa incognita materies, unde animas dicitis creari in vacuo, super quem aquilo extensus est, aut in interioribus austri, vel forsitan in ortu solis aut occasu, aut unde dicitis animas pervenire: utique inde pervenire possunt, ubi creantur, ut ad corpora transmittantur. Sed cum dicitis eas pervenire, non ipsis eas corporibus creatas creditis, sed longe alicubi.

[3]) Es ist irrig, eine vor der Entstehung der Einzelseelen vorhandene allgemeine Seelensubstanz bei Fr. anzunehmen. Cf. Werner a. a. O. p. 127.

nicht blos die erste menschliche Seele, sondern jetzt noch
die eines jeden einzelnen Menschen auf solche Weise geschaffen ist, wirft ihm Agobard Präexistentianismus vor.
Es fragt sich aber, ob er berechtigt war, aus den angeführten Worten diese Consequenz zu ziehen. Fr. hatte
creari und nicht *creatas esse* gesagt und, was die Ver-
gangenheit betrifft, so sagt er in seinem Briefe, dass bei
der Schöpfung aus Nichts *animam hominis*, d. h. die einzelne Adams, nicht die der Menschen überhaupt entstanden sei[1]). Zudem ist es kaum glaublich, dass sich Fr.
den einstimmigen Aussagen der Kirche in so offener
Weise entgegengesetzt haben sollte.

Der Präexistentianismus, nur von Origenes vertreten,
war von den meisten Vätern bekämpft, auf einer Synode
verdammt worden. Die herrschende Ansicht bildete dagegen der Creatianismus. Augustin hatte früher in Pla-
tonischer Weise das Lernen als ein Wiedererinnern aufgefasst[2]). Später aber erklärte er sich entschieden gegen
jeden Präexistentianismus der Philosophen[3]). Ueber den
Ursprung der Seele überhaupt hat er viel nachgedacht,
doch ist ihm dabei nur dies vollkommen sicher, dass die
Seele, von Gott geschaffen, weder ein Theil Gottes noch
den Elementen ähnlich sei[4]). Was den Ursprung der
einzelnen Seelen anlangt, so wagt Augustin eine sichere
Entscheidung zwischen Traducianismus und Creatianismus
nicht zu treffen[5]). Dass die Seele kein Theil der Sub-

---

[1]) Von den Engeln wird dagegen im Plural gesprochen, p
17, 24. Von der einzelnen Seele Adams handelt auch Augustin
und die Folgenden, wo sie von der Entstehung der Seele am
Anfang reden.

[2]) De quant. an. 20, 34.

[3]) Retract. I, 8, 2: Non sic accipiendum est, quasi ex hoc
approbetur, animam vel hic in alio corpore, vel alibi sive in
corpore sive extra corpus aliquando vixisse. De trin. 15, 24.

[4]) De gen. ad lit. 7—28. De quant. an. 1, 2.

[5]) Cf. unten p. 52, Anm. 3.

stanz Gottes, dass sie nicht präexistent sei, steht auch den übrigen Kirchenlehrern fest[1]); nur legen sie noch mehr Gewicht darauf, dass Gott sie aus Nichts geschaffen habe. Alcuin erklärt sich mit Hieronymus noch besonders gegen den Traducianismus[2]).

Wenn wir mit Sicherheit annehmen dürfen, dass Agobard mit Unrecht den Präexistentianismus bei Fr. sucht, so fragt es sich, worin sich denn ihre Ansichten unterscheiden. Agobard liess die Seele des Menschen von Gott im entstehenden Körper geschaffen werden, Fr. dagegen in der Region des ausserhalb der uns sichtbaren Welt noch jetzt daseienden Urstoffes des Nichts und darauf von da in den Körper des Menschen herabgeschickt werden, von dem sie nach dem Tode des Menschen wieder zu Gott zurückkehre. Vielleicht hat Fr. für seine Anschauungen daran einen Halt gehabt, dass Augustin Gott das Vaterland und die eigentliche Wohnung der Seele nannte[3]).

Das 14. Capitel der Schrift des Agobard hat noch zu anderen Missverständnissen in der Lehre des Fr. Anlass gegeben. In der weiteren Bekämpfung sagt Agobard, er halte mit den Kirchenlehrern dafür, dass die Seele kein

---

[1]) Claudianus Mamertus, de statu animae, I, 4, 5 und öfter. Cassiodor, de anima, 3; 14. Isid. sent. I, 12. Beda, de nat. rer. 2. Alcuin, de animae rat. 13. (Frob. II, p. 150). Quaest. in l. gen., interr. 50. Super eccles. 4. (Frob. I, p. 422).

[2]) Sup. eccl. 12. (Frob. I, p. 445).

[3]) De quant. an. 1, 2. In hohem Grade an Fr. erinnert eine Stelle der retract. I, 1, 3: Sine controversia quaedam originalis regio beatitudinis animi deus ipse est, qui eum non quidem de se ipso genuit, sed de nulla re alia condidit, sicut condidit corpus e terra. Nam quod attinet ad ejus originem, qua fit, ut sit in corpore, utrum de illo uno sit, qui primum creatus est, quando factus est homo in animam vivam, an similiter ita fiant singulis singuli, nec tunc sciebam, nec adhuc scio. Cf. Contra duas epp. Pel. III, 10. Contra Jul. V, 4.

Theil der göttlichen Natur und Substanz sei[1]). Daraus
hat Ritter geschlossen, dass Fr. die Seele für einen Theil
der göttlichen Natur gehalten habe und damit seine Ansicht begründet, dass das Nichts des Fr. die göttliche
Natur selbst sei, indem er die Aussagen in dem Briefe
des Fr. darnach deutet[2]). Allein dass in solcher Weise
der Begriff des Nichts seine Erklärung nicht finden kann,
hat jedenfalls die bisherige Ausführung schon gezeigt.
Insbesondere möge noch darauf aufmerksam gemacht
werden, dass Fr. bestimmt drei Momente beim Schaffen
unterscheidet[3]) und also Gott und das Nichts ausein-
ander hält. Agobard legt ihm auch gar nicht in den
Mund, was Ritter findet. Wenn Fr. ausdrücklich be-
haupten soll, dass die Seelen von Gott geschaffen werden, so ist damit der Gedanke, dass sie aus der Substanz
Gottes hervorgehen, ausgeschlossen. Agobard führt nur
der Vollständigkeit wegen die Verwerfung einer falschen
Lehre nebenbei mit an, die in diesem Streite nicht un-
mittelbar in Frage kam. Die ganze Stelle bis zum
Schlusse des Capitels ist wörtlich aus Isidor, *sent. lib. I,*
24, 4 entlehnt.

Als einen besonderen Theil des Nichts will Werner
die Finsterniss, über die Fr. im zweiten Theile seines
Briefes schreibt, aufgefasst wissen[4]). Das Nichts bezeichne

---

[1]) Agob. a. a. O.: Ecclesiastici quoque doctores in suis dog-
matibus fidem tenendam docuerunt, animam non esse partem
divinae substantiae vel naturae, nec esse eam prius quam cor-
pori misceatur; sed tunc eam creari, quando et corpus creatur,
cui admisceri videtur.

[2]) A. a. O. p. 191. Auch daraus, dass Fr. Schriftstellen an-
führt, in denen es heisst, dass die Seele zu Gott zurückkehre
(cf. p. 50, Anm. 1), kann nicht geschlossen werden, dass er unter
dem Nichts die göttliche Natur verstanden habe.

[3]) Cf. oben p. 47. Gegen die Ansicht Ritters hat sich schon
Kaulich a. a. O und besonders Loewe a. a. O. gewendet.

[4]) Alcuin u. sein Jahrh. p. 126. Ihm folgt Zöckler a. a. O. p 388.

den Urstoff alles Geschaffenen überhaupt, die Finsterniss
aber speciell den formlosen und chaotischen Urstoff der
irdischen Körperlichkeit. Davon ist aber bei Fr. kein
Wort zu lesen. Dieser war durch Fragen seiner Leser
veranlasst, über die Finsterniss sich zu äussern. Er
musste ihr physische Realität zuschreiben, wenn anders
er seine Beweise für die Existenz des Nichts aufrecht
erhalten wollte. Werner scheint desshalb zu seiner Annahme gekommen zu sein, weil Fr. das Beispiel aus
Gen. 1 bringt: *Tenebrae erant super faciem abyssi*[1]). Aber
noch viele andere Beispiele werden beigebracht, welche
beweisen, dass Fr. ganz im Allgemeinen von der Finsterniss rede. So schreibt er z. B. auch der Nacht Substantialität zu[2]). Die ganze Abhandlung des Fr. über
die Finsterniss ist daher von grösserer Bedeutung für
die Dialektik als für die Metaphysik.

Mit Augustin[3]) und anderen Vorgängern stand Fr.
nun freilich in Widerspruch. Er glaubte aber vielleicht
in diesem Punkte abweichen zu dürfen, da hier von einer
kirchlich fixirten Lehre nicht die Rede sein konnte, der
Verdacht des Manichäismus fern lag, und auch die heilige Schrift für ihn zu sprechen schien. Die gleiche
Lehre von der Substantialität der Finsterniss hatte auch
früher schon ein Kirchenlehrer, der in mannigfachen
Sonderbarkeiten sich ergehende Theodorus v. Mopsvestia,
aufgestellt[4]). Von einem Einflusse desselben auf Fr. kann
natürlich nicht die Rede sein..

---

[1]) p. 19, 1. — [2]) p. 20, 10 ff.

[3]) De gen. contra man. I, 4, 7. Conf. XII, 3. Isid. sent. I, 8, 9.

[4]) Bei Joan. Philoponi de creat. mundi, II, 15 (ed. Balthas.
Corderius, Viennae, 1630): Τούτοις Θεόδωρος ἀντιφθέγγεται λέγων
οὕτως· εὔδηλον γὰρ, ὅτι οὔτε τὸ φῶς αὐτὸς ὠνομᾶσθαι ἡμέραν λέγει
(θεός), οὔτε τὸ σκότος νύκτα. σκότος τε γὰρ ἡ τοῦ σκότους οὐσία καλεῖ-
ται καὶ φῶς ἡ τοῦ φωτός. ἡμέραν δὲ καὶ νύκτα οὐ τὰς οὐσίας ἀλλὰ
τοὺς καιροὺς ὀνομάζειν εἴωθεν, οἷς ἐπικρατεῖν πέφυκεν ἐκεῖνα. Cf. Photius,
Biblioth. c. 38.

Capitel IV.

Die Ethik.

Nur kurze Andeutungen des Agobard sind es, die uns einen Anhalt zur Beurtheilung der ethischen Anschauungen des Fr. geben könnten. Ersterer hatte die Behauptung aufgestellt, dass mit dem Begriffe der Demuth nothwendig der des Sündenbekenntnisses verbunden sei. Fr. war dagegen anderer Ansicht[1]). Er suchte die Beweisführung des Agobard als eine falsche darzustellen und gelangte dabei zu der Behauptung, dass es keineswegs nothwendig sei, dass ein in Wahrheit Demüthiger von sich niedrig denken und sich als Sünder anerkennen müsse. Agobard zog daraus die Consequenz, dass Fr. die Möglichkeit und Wirklichkeit eines sündlosen Lebens behaupte und warf ihm Pelagianismus vor[2]). Er brachte nun zahlreiche Beispiele, die das Gegentheil beweisen, und berief sich auf Augustin. Allein es ist sehr zweifelhaft, ob Agobard die Ansicht des Fr. wirklich richtig erkannt und dargestellt hat. Es hat vielmehr den Schein, dass dieser nur die Beweisführung jenes habe angreifen wollen, keineswegs aber die Behauptung aufstellen, dass es in der That sündlose Menschen gebe. Darauf weisen die Worte: *His bene perspectis, apparebit hanc vestram non esse veram ratiocinationem*[3]), und das Beispiel Christi hin, auf das er sich gegen Agobard berief. Ein sicheres Resultat lässt sich hier bei der Unvollständigkeit der Quellen nicht geben.

---

[1]) Agob. adv. Fr. c. 2—6.

[2]) Ib. 6: Si quis putaverit non veraciter, sed tantum humiliter dicta (sc. verba Jacobi: In multis enim offendimus omnes), noverit se in hoc sensu Pelagium sequi.

[3]) Ib. 4.

Schluss.

Diejenigen, welche in dem Nichts des Fr. die göttliche Natur selbst erkennen, sehen[1]) in ihm natürlich einen Vorgänger des *Scotus Erigena,* da ja nach ihm das Nichts, aus welchem Gott die Welt geschaffen hat, das Uebersein Gottes, seine unaussprechliche und unbegreifliche Klarheit ist[2]). Diese Parallele zu ziehen, ist aber nach unserer Deutung des Nichts bei Fr. unmöglich. Wollte man ihn mit jenem Philosophen vergleichen, so könnte man als Gemeinsames nur anführen, dass beide unter dem Nichts nicht das reine Nichts im Sinne der Väter verstehen und ausserdem, dass sie zwischen Gott und die sinnliche Welt noch ein Mittleres setzen. Dann würde auch die Eintheilung der Natur des *Scot. Erigena* nicht so unvermittelt dastehen, als gewöhnlich angenommen wird. Allein in dem schon Gesagten ist die Aehnlichkeit beider auch schon vollständig erschöpft. Die zweite Natur des *Scot. Erigena,* die *natura creata et creans,* mit ihren *causae primordiales* in dem göttlichen Worte, wenn sie auch *vacuum* und *inane* genannt wird[3]), ist doch grundverschieden von dem Urstoffe des Fr. Somit werden wir ganz darauf verzichten können, in ihm eine Vorstufe für *Scot. Erigena* zu finden; und dies um

---

[1]) Ritter, a. a. O. p. 234. Stöckl, a. a. O. Noack, Joh. Scot. Erigena, sein Leben und seine Schriften (in Kirchmanns philos. Biblioth. H. 233, p. 35.

[2]) Erig. lehrt zwar de div. nat. III, 5: Eo vocabulo, quod est nihilum, non aliqua materies existimatur —, sed omnino totius essentiae privationis nomen erat, et ut verius dicam, vocabulum est absentiae totius essentiae. Aber, indem Gott aus Nichts schuf, schuf er aus sich selbst: De div. nat. III, 20: Ac si de nihilo facit omnia, de sua videlicet superessentialitate producit essentias, de supervitalitate vitas, de superintellectualitate intellectus. Cf. ib. 19, 21, 22.

[3]) Ib. II, 16.

so mehr, wenn wir bedenken, dass die Anschauungen des
Fr. zum grossen Theil auf denen des Augustin ruhen,
Scot. Erigena aber von Pseudodionysius und Maximus
Confessor abhängig ist.

Fragen wir aber zum Schluss nach der Bedeutung
des Fr. für die Geschichte der Philosophie, so werden
wir dieselbe keineswegs sehr hoch stellen können. Es
sind ja nur wenige Andeutungen, die uns über seine
Philosophie gegeben werden und von seinem Einflusse
auf Schüler ist Nichts überliefert. Indess ist uns die
Erscheinung des Fr. ein Zeugniss dafür, dass in der
karolingischen Zeit unter den germanischen Völkern, aus-
gehend von den brittischen Schulen[1]), eine dialektische
Richtung sich geltend machte, und philosophischer Geist,
wenn auch nur schwach, sich zu regen begann. Obgleich
ganz und gar abhängig von der Kirchenlehre, fing doch
eine selbständige Forschung an, die in einzelnen Punkten,
soweit sie nicht kirchlich festgestellt waren, über die von
den Lehrern innegehaltenen Grenzen hinauszugehen wagte.

In Fr. finden wir den Ersten aus den germanischen
Völkern, welcher mit den vom Alterthume überlieferten
dialektischen Mitteln philosophisch-theologische Probleme
zu lösen suchte. Dass dieser erste Versuch noch miss-
lang, darüber dürfen wir uns nicht wundern, wenn wir
bedenken, dass jene Zeit in dergleichen Untersuchungen
völlig ungeübt war, dass die Aristotelische Logik bis zur
Undeutlichkeit entstellt, mit allerhand fremden Zuthaten
vermischt auf jene Zeit gekommen war, und dass es
gerade die höchsten und schwierigsten Probleme waren,
deren Lösung erstrebt wurde. Insofern Fr. auf dem
Boden der Kirchenlehre stehend, mit Hilfe der Philosophie

---

[1]) Dort erhielt auch Scot. Erigena seine Bildung. Cf. Benedict von Aniane: Apud modernos scholasticos maxime apud
Scotos iste syllogismus delusionis. (Baluz, Miscell. V, p. 54).

die Geheimnisse des Glaubens vor dem denkenden Verstande zu rechtfertigen suchte, können wir ihn mit Recht einen Vorläufer der Scholastik, wie sie von der Mitte des 12. Jahrhunderts an die Herrschaft gewann, ansehen. Aber auch nur ein Vorläufer kann er genannt werden. Um auf den Namen Scholastiker[1]) selbst Anspruch machen zu können, dazu fehlte ihm das Streben nach systematischer Anordnung, was einer späteren Zeit vorbehalten bleiben sollte.

---

[1]) Baehr, a. a. O. p. 379.

Druck von Brückner & Niemann in Leipzig.